モンスト三銃士
ダルタニャンの冒険！

XFLAG™ スタジオ・協力
相羽 鈴・作
希姫安弥・絵

集英社みらい文庫

キャラクター紹介《しょうかい》

属性《ぞくせい》 ？

ダルタニャン

やんちゃで元気《げんき》な主人公《しゅじんこう》！　猫型《ねこがた》の亜人《あじん》で、立派《りっぱ》な「銃士《じゅうし》」になるため、田舎《いなか》から花《はな》の都《みやこ》・パリにでてきた。

属性《ぞくせい》 光《ひかり》

リシュリュー枢機卿《すうききょう》

表向《おもてむ》きはやさしく信仰《しんこう》の熱《あつ》い厳格《げんかく》な枢機卿《すうききょう》だが……!?

属性《ぞくせい》 水《みず》

ルイ13世《せい》

フランスの国王《こくおう》に即位《そくい》したばかり。バッキンガム公《こう》に恋《こい》をしている。

三《さん》銃《じゅう》士《し》

ポルトス 属性《ぞくせい》 闇《やみ》

陽気《ようき》で洒落者《しゃれもの》な獣《じゅう》人《じん》の男《おとこ》。大《おお》きな体《からだ》と鍛《きた》えあげられた筋肉《きんにく》が自慢《じまん》！

アトス 属性《ぞくせい》 火《ひ》

常《つね》に冷静《れいせい》で「三銃《さんじゅう》士《し》」のリーダー的《てき》存在《そんざい》。片《かた》メガネを愛用《あいよう》している。

アラミス 属性《ぞくせい》 木《き》

清楚《せいそ》で凛《りん》とした美《び》女《じょ》。一見クールにみえるがやさしい心《こころ》の持《もち》ち主《ぬし》。

イモ男爵《だんしゃく》 属性《ぞくせい》 木《き》

体《からだ》がじゃがいものモンスター男爵《だんしゃく》。誰《だれ》かの支《し》配下《はいか》にいるらしい!?

ミレディ 属性《ぞくせい》 火《ひ》

縦《たて》ロールの美《うつく》しい貴婦《きふ》人《じん》。ダルタニャンとは縁《えん》があるみたいで……？

バッキンガム公《こう》 属性《ぞくせい》 闇《やみ》

イギリスの公爵《こうしゃく》。甘《あま》いマスクの男前《おとこまえ》で口《くち》もうまい生粋《きっすい》の女《おんな》たらし。

プロローグ

その街《まち》には、さまざまな人《ひと》や物《もの》があふれていた。

ロバや馬《うま》がのんびりと行《い》き来《き》し、塩漬《しおづ》け肉《にく》や小麦粉《こむぎこ》を運《はこ》んでいる。

ワインのタルをゴロゴロ転《ころ》がす者《もの》、井戸《いど》で水《みず》を汲《く》む者《もの》、家《いえ》の修理《しゅうり》をする者《もの》。

人々《ひとびと》はみな、忙《いそが》しく働《はたら》いていた。

中《なか》には、耳《みみ》がとがっていたり、不思議《ふしぎ》な色《いろ》の髪《かみ》をしていたり……人間《にんげん》とはちがう種族《しゅぞく》の者《もの》もいる。

誰《だれ》もそんな、ちょっと変《か》わった者《もの》たちを気《き》にもとめない。

ここはフランス王国《おうこく》の都《みやこ》、パリ。

あなたの知《し》っているそれとは似《に》ているようで少《すこ》しちがう。

どこかで見《み》たような見《み》なかったような。なにかに似《に》ているようで似《に》ていないような。

これは、そんな不思議《ふしぎ》な世界《せかい》の、冒険《ぼうけん》の物語《ものがたり》だ。

第《だい》1話《わ》

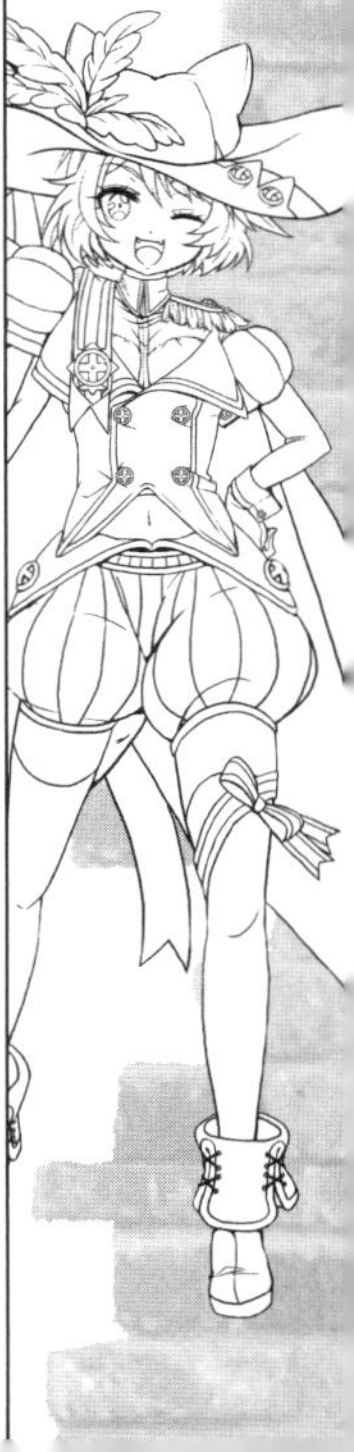

都《みやこ》につづく門《もん》の前《まえ》で、一人《ひとり》の女《おんな》の子《こ》がドキドキする胸《むね》を押《お》さえていた。
「よ、よーし……」
すみれ色《いろ》のくりくりと大《おお》きな目《め》。
ちょっとくせのある、明《あか》るい色《いろ》の髪《かみ》。
それに……ぴょこんと立《た》った三角《さんかく》の耳《みみ》。
左右《さゆう》にフリフリとゆれる長《なが》いしっぽ。
猫《ねこ》の特徴《とくちょう》をもっている、ちょっと不思議《ふしぎ》な少女《しょうじょ》だった。
彼女《かのじょ》の名前《なまえ》はダルタニャン。
ある『目的《もくてき》』があって、故郷《こきょう》の村《むら》から、都《みやこ》にやってきたのだ。
「この門《もん》をこえれば、花《はな》の都《みやこ》パリなんだニャン……せーのっ！」
ダルタニャンは、足《あし》をそろえると、えいっ！　と人並《ひとな》み外《はず》れたジャンプ力《りょく》で、かろやかに門《もん》を乗《の》りこえる。

目《め》の前《まえ》に広《ひろ》がるのは、きれいな石《いし》だたみで舗装《ほそう》された道《みち》。

まっ赤《か》な屋根《やね》の家《いえ》が、田舎《いなか》では考《かんが》えられないほどたくさん、ならんでいる。

市場《いちば》には見《み》たこともないような食《た》べ物《もの》がならんでいて、屋台《やたい》の隙間《すきま》をひっきりなしに人《ひと》が行《い》きかっていた。

どこかの家《いえ》のかまどから、パンの焼《や》けるいい匂《にお》いがただよってくる。

「うわぁ……都会《とかい》だニャ！」

ダルタニャンはしっぽをぴーんと立《た》ててびっくり顔《がお》になる。

猫型《ねこがた》の亜人《あじん》であるダルタニャンは、感情《かんじょう》が耳《みみ》やしっぽにあらわれやすい。

大人《おとな》になればべつだが、まだまだ未熟《みじゅく》なのではやる心《こころ》としっぽをおさえられないのだ。

「いよーし！　あたし、ここで銃士《じゅうし》になるニャン！」

その瞳《ひとみ》はキラキラと、期待《きたい》に輝《かがや》いている。

『銃士《じゅうし》』というのは、国王《こくおう》を守《まも》るために働《はたら》く兵《へい》のこと。

ダルタニャンは、剣《けん》で身《み》を立《た》て立派《りっぱ》な銃士《じゅうし》になるために、一人《ひとり》で都《みやこ》にやってきたのだ。

「まずは今日《きょう》の宿《やど》をさがすニャ……おっといけニャい。『ニャン』はやめないと」

ダルタニャンが育《そだ》ったのは、山《やま》の奥深《おくふか》くにあるのどかな村《むら》。

そこではみんなが猫耳《ねこみみ》を生《は》やし、のどをゴロゴロさせ、ひなたぼっこをしたりブドウを育《そだ》てたりして、『ニャ〜ン』と楽《たの》しく暮《く》らしていた。

しかし都会《とかい》にきたのだから、少《すこ》しはピシッとしなくてはならない。

「コホン。よし、今日《きょう》の宿《やど》をさがすんだ！」

ダルタニャンはあらためて言《い》いなおした。

銃士《じゅうし》に必要《ひつよう》なのは強《つよ》さと凜々《りり》しさと、正《ただ》しい心《こころ》。

元銃士《もとじゅうし》である父《ちち》にそう、教《おそ》わったのである。

「今日《きょう》からは言葉《ことば》づかいにも気《き》をつけないと……ところでこの恰好《かっこう》、おかしくないかな？」

ダルタニャンは藍色《あいいろ》の羽《はね》つき帽《ぼう》に、飾《かざ》り紐《ひも》とスカーフのついたシャツ、それに、細身《ほそみ》の剣《けん》を身《み》に着《つ》けている。

都《みやこ》で恥《は》ずかしくないようにと、父《ちち》が仕立《した》ててくれたものだ。

あまり着《き》なれない服《ふく》を気《き》にしつつ、あちこちきょろきょろ見《み》まわしながら歩《ある》いていたそのときだった。

ドンと誰《だれ》かと、肩《かた》がぶつかる。

「あっ、ごめん」

「いいえ……お気《き》になさらないで」

正面《しょうめん》から歩《ある》いてきたのは、色《いろ》っぽい泣《な》きぼくろのある街娘《まちむすめ》だった。

唇《くちびる》がつやつやと赤《あか》く、ふわりといい匂《にお》いがする。

「きれいな人《ひと》やオシャレな人《ひと》がたくさん……都会《とかい》はなにもかも、村《むら》とはちがうなぁ」

ダルタニャンはそんなことにもドキドキしてしまう。

と、またしてもドシンと誰《だれ》かにぶつかった。

「おっと、なんだぁ〜？　痛《いた》いな」

今度《こんど》は、あまりよくない見《み》た目《め》の者《もの》たちだった。

ダルタニャンより頭《あたま》ふたつ分《ぶん》は大柄《おおがら》な男《おとこ》が、ギロリとこちらをにらみつける。

「なんだなんだぁ？　こんなところに子猫《こねこ》がいるぞ」

と思《おも》えば、もう一人《ひとり》の小《ちい》さな男《おとこ》が、物珍《ものめずら》しそうにダルタニャンの顔《かお》をのぞきこむ。

とても無遠慮《ぶえんりょ》で、あれた雰囲気《ふんいき》の二人組《ふたりぐみ》だった。

「おちびちゃん、ネズミ捕《と》りでもしてくれるのかい」

「どこの田舎《いなか》から出《で》てきたのか知《し》らないが、都《みやこ》じゃそのしっぽをかくすんだな」

二人《ふたり》のバカにしたような言《い》い草《ぐさ》に、ムッとした。

「あたしはダルタニャン！　おちびちゃんなんかじゃないニャ。これから立派《りっぱ》な銃士《じゅうし》になるんだから！」

えへんと胸《むね》をはって言《い》う。

興奮《こうふん》したのでつい、語尾《ごび》に「ニャ」がついてしまった。

男《おとこ》たちはおもしろい冗談《じょうだん》を聞《き》いたようにプッと噴《ふ》きだす。

「銃士《じゅうし》ぃ？　ならばまずはその田舎《いなか》なまりをどうにかしないとなあ。それからその耳《みみ》としっぽ、邪魔《じゃま》じゃないのかい」

「『ニャ』なんて言《い》ってるやつに、国王《こくおう》さまが守《まも》れるか？」

むむむ……とダルタニャンはうなる。

ぶつかったのはこっちが悪《わる》いけど、こんなに笑《わら》われるなんて、納得《なっとく》できない。

かくなるうえは。

「決闘《けっとう》だニャ……、じゃなくて、決闘《けっとう》だ！」

腰《こし》の剣《けん》にカチャリと手《て》をかける。

ダルタニャンの父《ちち》は、村《むら》で一番《いちばん》の剣《けん》の使《つか》い手《て》。

そして、かつてこの都《みやこ》で正義《せいぎ》のために戦《たたか》っていた銃士《じゅうし》でもあった。

父《ちち》は、この剣《けん》をダルタニャンに手《て》わたすとき、こう言《い》っていた。

『いかなるときも勇気《ゆうき》と誇《ほこ》りを忘《わす》れてはならんぞ。おまえは強《つよ》い子《こ》だ。冒険《ぼうけん》を求《もと》め、何者《なにもの》もおそれず、国王《こくおう》さまをたくさんおたすけするのだぞ。おまえの立派《りっぱ》な耳《みみ》は、正義《せいぎ》の声《こえ》を聴《き》くためにあるのだニャ。村《むら》のみんながおまえに期待《きたい》をしている』

そんな言葉《ことば》で送《おく》りだされたダルタニャンは、猫耳《ねこみみ》やしっぽ、村《むら》の言葉《ことば》をバカにされては引《ひ》きさがれない。

「よぉし。乗《の》ってやろうじゃねえか、おちびちゃん」

フランスでは、決闘《けっとう》は街《まち》のあちこちで行《おこな》われている。

なにかの筋《すじ》を通《とお》したいとき、もめごとを解決《かいけつ》したいとき、……それに、気《き》に入《い》らないヤツと白黒《しろくろ》つけたいとき。

決闘《けっとう》に応《おう》じるのは、乱暴《らんぼう》というよりはむしろ誇《ほこ》り高《たか》い行《おこな》いだとされている。

しかし、この男《おとこ》たちは、ひきょうだった。

突然《とつぜん》あさっての方向《ほうこう》を指《ゆび》さしてさけぶ。

「あ！　あんなところに国王陛下《こくおうへいか》が！」

「うそ！　どこに？」

ダルタニャンはあっさりそっちに視線《しせん》をむけた。

その隙《すき》に、小《ちい》さな男《おとこ》から足《あし》を引《ひ》っかけられた。

「ニャン！」

ダルタニャンは不意《ふい》を突《つ》かれて尻《しり》もちをつきそうになる。

しかしタダではころばない。

クルンと後方《こうほう》に一回転《いっかいてん》して、すちゃっと着地《ちゃくち》した。

ダルタニャンは、ただの元気《げんき》な少女《しょうじょ》ではない。

父《ちち》からたくさんの教《おし》えをうけ、銃士《じゅうし》になれるだけの基礎《きそ》を身《み》につけている。

だから、反射神経《はんしゃしんけい》とバランス感覚《かんかく》には、自信《じしん》があるのだ。

「いきなり足払《あしばら》いをかけるなんて、ひきょうだぞ！」

「おっと、小《ちい》さくて見《み》えなかったんだ。すまないな」

その言《い》い草《ぐさ》に、腹《はら》がたつ。

小《ちい》さくたって、これから立派《りっぱ》に銃士《じゅうし》として働《はたら》く予定《よてい》なのだから。

「よーし、見《み》えないって言《い》うなら、ホントに姿《すがた》を消《け》してやる！」

「なんだってぇ？　……んっ？」

大《おお》きな男《おとこ》がぱちぱちとまばたきする。

ダルタニャンの姿《すがた》が、一瞬《いっしゅん》であとかたもなくかき消《き》えた。

……というわけではなく。

しなやかなバネで、近《ちか》くの馬小屋《うまごや》の屋根《やね》にトンと駆《か》けあがっていた。

このくらいの芸当《げいとう》は、お手《て》の物《もの》だ。

そして壁《かべ》を一気《いっき》に、垂直《すいちょく》に駆《か》けおり……、

「えーい！」

空《そら》からすばやく、大《おお》きな男《おとこ》にとびかかろうとした。
剣《けん》をぬくと、ほわりと白《しろ》く光《ひかり》がともる。
ダルタニャンの剣《けん》は、家《いえ》に代々《だいだい》伝《つた》わる不思議《ふしぎ》なもの。
持《も》ち主《ぬし》の闘気《とうき》を剣身《けんしん》に宿《やど》してはなつことができる。
バシャーン！
しかし、その輝《かがや》きは一瞬《いっしゅん》で消《き》えうせてしまう。
誰《だれ》かに真横《まよこ》から、はげしく水《みず》をかけられたのだ。
「へっ？」
道《みち》のすみにある水《みず》がめのそばに、桶《おけ》をもった男《おとこ》がいる。
どうやら大《おお》きな男《おとこ》と小《ちい》さな男《おとこ》のほかに、中《ちゅう》くらいのがいたようだ。
「ニャ――――！」
とんだ伏兵《ふくへい》の登場《とうじょう》に、ダルタニャンはパニックをおこした。
なんといっても猫型《ねこがた》なので、水《みず》がまったく得意《とくい》ではない。
お風呂《ふろ》はいいけど、突然《とつぜん》の冷水《れいすい》は、だめなのだ。

顔《かお》をハシハシぬぐって、ぺたりと座《すわ》りこんでしまう。

「ううー、気持《きも》ち悪《わる》い……もう一人《ひとり》いたなんてずるいニャ……」

不意《ふい》を突《つ》かれ、キリッと立《た》っていた猫耳《ねこみみ》もヘニャッとしおれてしまった。

決闘《けっとう》は本来《ほんらい》、一対一《いったいいち》で堂々《どうどう》とやるものだ。

まさか物陰《ものかげ》から水《みず》をぶっかけられるなんて、予想外《よそうがい》だった。

誇《ほこ》りを踏《ふ》みにじられたようで、怒《いか》りがわいてくる。

「その剣《けん》と有《あ》り金《がね》をおいていってもらおうか」

大《おお》きな男《おとこ》が、ダルタニャンの手《て》から剣《けん》を奪《うば》おうとした。

「だめだ、これは父上《ちちうえ》からゆずり受《う》けた剣《けん》……」

ダルタニャンは柄《つか》をぎゅっとにぎり、剣《けん》を守《まも》ろうとした。

しかしその腕《うで》をぐっとはがされそうになる。

体《からだ》に力《ちから》が入《はい》らない……剣《けん》を奪《うば》われてしまう、と思《おも》ったそのとき。

「おい、なにをしている」

するどい声《こえ》が、割《わ》って入《はい》った。

その場《ば》の全員《ぜんいん》の動《うご》きが、ぴたりと止《と》まる。

にぶく光《ひか》る金色《きんいろ》の剣《けん》の先《さき》が、ぴたりと男《おとこ》ののど元《もと》に突《つ》きつけられていた。

「ああん？　なんだおまえは……おっと」

すごんでみせた男《おとこ》が、相手《あいて》の顔《かお》を見《み》たとたん、勢《いきお》いを失《うしな》う。

気《き》まずそうにぎくしゃくと、手《て》を引《ひ》っこめた。

「なんだ……『例《れい》の三人《にん》』がそろい踏《ぶ》みか」

「ちっ……こんなときに」

男《おとこ》たちは、きまりが悪《わる》そうな顔《かお》をしてもたもたと数歩《すうほ》、あとずさる。

「『例《れい》の三人《にん》』……？」

確《たし》かに、そこにあらわれたのは三人組《にんぐみ》である。

暴漢《ぼうかん》に剣《けん》を突《つ》きつける、すっと背《せ》の高《たか》い、いさましい顔《かお》つきの男性《だんせい》。

輝《かがや》く金髪《きんぱつ》をきりりとまとめた、凛《りん》とした美女《びじょ》。

牙《きば》のはえた口《くち》で不敵《ふてき》に笑《わら》う、どっしりとした体《からだ》つきの獣人《じゅうじん》の男《おとこ》。

なんだかずいぶんと個性豊《こせいゆた》か……悪《わる》く言《い》えばデコボコした三人《にん》だった。

「こんな子《こ》どもを相手《あいて》に街中《まちなか》でケンカ、おまけに強盗《ごうとう》など……恥《は》ずかしくはないのか！」

長身《ちょうしん》の男性《だんせい》がよく通《とお》る声《こえ》で、男《おとこ》たちをしかりとばす。

右目《みぎめ》だけに、キラリと片《かた》メガネを光《ひか》らせていた。

ダルタニャンよりはだいぶ年上《としうえ》に見《み》えるが、血気盛《けっきさか》んな部分《ぶぶん》があるようだ。

「あなた、ケガはありませんか」

きれいな女性《じょせい》がそっとダルタニャンの肩《かた》を抱《だ》き、ハンカチで顔《かお》を拭《ふ》いてくれる。

一見冷《いっけんつめ》たそうな美女《びじょ》だが、その声《こえ》はとても澄《す》んでいてやさしい。

「なかなか度胸《どきょう》がありそうな嬢《じょう》ちゃんだが、まだまだ甘《あま》いな。こういうときはまわりに気《き》を配《くば》らねえと」

獣人《じゅうじん》の男《おとこ》が、がはは、と大口《おおぐち》を開《あ》けて楽《たの》しそうに笑《わら》う。

「ううーっ……」

助《たす》けてもらったのはうれしいが、やっぱり子《こ》どもあつかいをされて、ダルタニャンは複《ふく》雑《ざつ》な心境《しんきょう》だった。

「街《まち》でこれ以上《いじょう》の騒《さわ》ぎを起《お》こすなら、この私《わたし》が相手《あいて》になろう。誰《だれ》からでもかかってこい」

長身《ちょうしん》の男性《だんせい》はギラリと剣《けん》を光《ひか》らせたまま、三人《にん》の男《おとこ》たちをながめわたした。

片《かた》メガネの奥《おく》で、青《あお》い瞳《ひとみ》がすっと細《ほそ》められる。

「……ちっ。邪魔《じゃま》をしやがって」

「おぼえてろ！」

おいはぎ男《おとこ》たちは、くやしそうに舌打《したう》ちしながら路地裏《ろじうら》へと駆《か》けこんでいった。

「やれやれ。物騒《ぶっそう》になったものだ」

剣《けん》をさやにおさめ、男性《だんせい》がふうと息《いき》をつく。

肩《かた》にかかる髪《かみ》をはらい、ダルタニャンをかるくにらんだ。

「まったく。騒《さわ》ぎを起《お》こすな、旅《たび》の者《もの》よ。いや、旅人《たびびと》にしては小《ちい》さいな、迷子《まいご》か？　早《はや》く家《いえ》に帰《かえ》れ。小娘《こむすめ》」

「迷子《まいご》でも小娘《こむすめ》でもない！」

さすがにムカッとして、ダルタニャンは跳《は》ねおきた。

ヨレヨレになった姿《すがた》を見《み》られたのが恥《は》ずかしくて、顔《かお》がカーッと赤《あか》くなる。

頭《あたま》をぶんぶん！　とふって水《みず》を散《ち》らし、くるりと背中《せなか》をむけた。

「おい、一人《ひとり》でウロウロするな、案内《あんない》が必要《ひつよう》なら……」

「平気《へいき》！　……一応《いちおう》、ありがとうだニャ！」

納得《なっとく》がいかないながらもお礼《れい》を言《い》って、振《ふ》りかえらずに歩《ある》きだした。

一人《ひとり》でもちゃんとやれると思《おも》ったのに、とんだスタートになってしまった。

「くやしいけど……立《た》ちどまってる暇《ひま》はないんだ！」

自分《じぶん》に言《い》いきかせながら、大股《おおまた》でずんずん進《すす》む。


夕暮《ゆうぐ》れどき。ダルタニャンは途方《とほう》に暮《く》れた顔《かお》で、街《まち》を歩《ある》きまわっていた。

「ない……ない……どこに行《い》ったんだろ」

オマケでもうひとつ、トラブルに見舞《みま》われているまっ最中《さいちゅう》だった。

『ダルタニャン。都《みやこ》に着《つ》いたらまず、銃士隊長《じゅうしたいちょう》のトレヴィル公《こう》をたずねるんだ。あの方《かた》なら必《かなら》ず力《ちから》になってくれるニャ。娘《むすめ》をよろしくと手紙《てがみ》を書《か》いたから、きちんと持《も》っていくのだぞ』

父《ちち》がダルタニャンにそう言《い》ってあずけた、直筆《じきひつ》の手紙《てがみ》。

その大切《たいせつ》な手紙《てがみ》がいつのまにか、荷物《にもつ》から消《き》えていたのである。

しっかりと懐《ふところ》に入《い》れておいたのに、いったいいつのまに。

「あれがないと、銃士隊《じゅうしたい》に入《い》れてもらえないのに……」

そのときヒヒン、と馬《うま》のいななきが聞《き》こえ、一台《だい》の馬車《ばしゃ》がダルタニャンのま横《よこ》でとまった。

ドアにカーテンまでついた豪華《ごうか》な馬車《ばしゃ》からおりてくるのは、一人《ひとり》の美《うつく》しい女性《じょせい》。

「あらあら、困《こま》った顔《かお》をして、どうなさったの？」

豊《ゆた》かな栗色《くりいろ》の髪《かみ》を、腕《うで》が通《とお》せそうなほど大《おお》きな、くるくるの縦《たて》ロールにまいている。

胸元《むなもと》が大《おお》きく開《あ》いた真紅《しんく》のドレスは、ダルタニャンにもちょっとシゲキが強《つよ》い。

「ふふ、かわいい。ステキな猫《ねこ》のお嬢《じょう》さんね。なにか捜《さが》し物《もの》？」

トロリと色《いろ》っぽい声《こえ》で、縦《たて》ロールの女性《じょせい》はたずねた。

「大事《だいじ》な手紙《てがみ》を、なくしちゃったニャ……」

ダルタニャンはしょんぼりと答《こた》える。

「あら、それはお気《き》の毒《どく》に。大切《たいせつ》なものは肌身《はだみ》はなさず、持《も》っていなくてはダメよ……パリは今《いま》、とってもキケンな街《まち》なの」

縦《たて》ロールの女性《じょせい》はすっ、と人差《ひとさ》し指《ゆび》を伸《の》ばし、ダルタニャンの口元《くちもと》にあてる。

爪《つめ》がつやつやとまっ赤《か》にぬられていた。

「ミレディさま。お時間《じかん》が……」

馬車《ばしゃ》の御者《ぎょしゃ》が声《こえ》をかける。

「あら、そう？　では、失礼《しつれい》。かわいい猫《ねこ》さん」

ミレディと呼《よ》ばれた美女《びじょ》はそのまま馬車《ばしゃ》に乗《の》りこみ、去《さ》っていく。

「きれいな人《ひと》……都会《とかい》には本当《ほんとう》に、いろんな人《ひと》がいるんだなぁ」

ダルタニャンはボーッとそんなことをつぶやいてしまう。

それにしてもどうしたものだろう。大切《たいせつ》な手紙《てがみ》を、なくしてしまった。

「うーん……でもきっと、どうにかなるはず！　あしたトレヴィル公《こう》の所《ところ》に直接《ちょくせつ》行《い》ってみよう！」

ダルタニャンは、あくまで前向《まえむ》きだった。

考《かん》えてもしかたない！　とにかく今日《きょう》は宿《やど》で休《やす》むことにした。

第《だい》2話《わ》

トレヴィル公《こう》の邸宅《ていたく》は、街《まち》で一番《いちばん》大《おお》きな通《とお》りにどっしりとかまえていた。

「……というわけで、父《ちち》からの手紙《てがみ》をなくしてしまいました……ごめんなさい」

ダルタニャンはぺたっと耳《みみ》をたらして謝《あやま》る。

「なるほど。そんなことがあったのか」

事情《じじょう》を説明《せつめい》してどうにか控《ひか》えの間《ま》に入《い》れてもらい。

面会《めんかい》の順番《じゅんばん》をしんぼう強《づよ》く待《ま》ち。

ようやく会《あ》えた銃士隊長《じゅうしたいちょう》トレヴィル公《こう》は、目《め》つきがするどく威厳《いげん》にあふれた男《おとこ》だった。

ダルタニャンの話《はなし》をきくと、きれいに整《ととの》えられたヒゲをなでてフムとうなずく。

「まあそういうことならばしかたない。君《きみ》の父上《ちちうえ》はふるい友人《ゆうじん》だからね。我《われ》ら銃士隊《じゅうしたい》はダルタニャン、君《きみ》を歓迎《かんげい》するよ。どうかこの国《くに》のために働《はたら》いてほしい」

どうやら彼《かれ》は、話《はなし》のわからない人物《じんぶつ》というわけではないようだ。

「はい！　あたし、がんばります！」

ダルタニャンは追《お》いだされなかったことにほっとして、ぴしっと背筋《せすじ》を伸《の》ばした。

「よい働《はたら》きを期待《きたい》しているよ。今《いま》、この国《くに》は混乱《こんらん》のさなかにあるんだ」

「混乱《こんらん》？」

そういえば街《まち》で会《あ》ったミレディという女性《じょせい》も言《い》っていた。

『パリは今《いま》、とってもキケン』だと。

「ああ。国王《こくおう》ルイ13世《せい》は、まだ即位《そくい》したばかりで経験《けいけん》がすくない。そのかわり、実際《じっさい》に政《せい》治《じ》をとりしきっているのはリシュリュー枢機卿《すうききょう》だ。彼《かれ》は自分《じぶん》でも親衛隊《しんえいたい》を持《も》ち、宮廷《きゅうてい》での実権《じっけん》をにぎりつつある」

枢機卿《すうききょう》というのは教会《きょうかい》の聖職者《せいしょくしゃ》の中《なか》でも、かなり位《くらい》の高《たか》い者《もの》。

親衛隊《しんえいたい》を持《も》っているということは、枢機卿《すうききょう》を守《まも》り、彼《かれ》のために働《はたら》く人間《にんげん》もたくさんいるということになる。

「我《われ》ら銃士隊《じゅうしたい》と枢機卿《すうききょう》の親衛隊《しんえいたい》の間《あいだ》には、小《ち》さないざこざが絶《た》えない」

「どうしてですか？」

どちらにも、国《くに》のえらい人《ひと》を守《まも》るという共通《きょうつう》の目的《もくてき》があるはずなのに。

なぜそのふたつの隊《たい》が、対立《たいりつ》するのだろう。

「理由《りゆう》はいろいろあるんだが……それはおいおい話《はな》そう。それに最近《さいきん》、街《まち》にモンスターが出《で》るんだ」

「モンスター？」

物騒《ぶっそう》なひびきに、ダルタニャンは片耳《かたみみ》をぴくっと持《も》ちあげる。

「さよう。まるで異界《いかい》からあらわれたような、不思議《ふしぎ》な力《ちから》を持《も》つ人間《にんげん》や魔物《まもの》たちだ。普通《ふつう》の亜人《あじん》や獣人《じゅうじん》とはあきらかにちがう、邪悪《じゃあく》で強力《きょうりょく》なものたち。なにもない所《ところ》から突然《とつぜん》あらわれて悪《わる》さをしたり、ばけものに変身《へんしん》して市民《しみん》を襲《おそ》ったりする」

人間《にんげん》、亜人《あじん》、獣人《じゅうじん》。

この世界《せかい》には確《たし》かにさまざまな種族《しゅぞく》が存在《そんざい》している。

しかしそんな、人々《ひとびと》を不安《ふあん》におとしいれるようなものの存在《そんざい》は、ダルタニャンは初耳《はつみみ》だ。

どうやらこの街《まち》では、不思議《ふしぎ》なことや物騒《ぶっそう》なことがいろいろとおきているようだ。

「どこからどうやってあらわれるのかを、今《いま》、銃士隊《じゅうしたい》が調《しら》べているんだが……しかしなかなか決め手《て》になる情報《じょうほう》がない。だからダルタニャン。君《きみ》も我々《われわれ》とともに国王《こくおう》さまを、街《まち》を守《まも》ってほしい」

「はい、よろしくだニャ……じゃなくて！　よろしくお願《ねが》いします、だニャン！」

ダルタニャンはあらためて力強《ちからづよ》く答《こた》えると、ぴしっと敬礼《けいれい》した。

気《き》をつけたつもりでも、力《ちから》いっぱい話《はな》そうとするとやっぱり語尾《ごび》に「ニャン」がついてしまう。

「トレヴィル公《こう》、失礼《しつれい》します」

そこへノックの音《おと》がした。

聞《き》きおぼえのある声《こえ》だ、と思《おも》うと同時《どうじ》に、ガチャリと扉《とびら》が開《ひら》く。

「ああーっ！」

ダルタニャンはすっとんきょうな声《こえ》を出《だ》して、相手《あいて》を指《ゆび》さした。

部屋《へや》に入《はい》ってきたのは、きのう街《まち》で出会《であ》ったデコボコした三人組《にんぐみ》だった。

「おう、猫《ねこ》の嬢《じょう》ちゃんじゃねえか。なんでここに？」

獣人《じゅうじん》の男《おとこ》がおどろいて目《め》を丸《まる》くする。

「貴様《きさま》、ここをどこだと思《おも》っている」

片《かた》メガネの男《おとこ》が、愛想《あいそ》のない声《こえ》で問《と》いつめた。

「なんだい、ダルタニャンともう知《し》りあいなのか？」

「知《し》りあいじゃない！」

「そうです、誰《だれ》がこんな無鉄砲《むてっぽう》な小娘《こむすめ》と……」

「あー！　また小娘《こむすめ》って言《い》ったな！」

「小娘《こむすめ》を小娘《こむすめ》と言《い》ってなにが悪《わる》いんだ」

さっそく言《い》い争《あらそ》いをはじめる二人《ふたり》を、トレヴィル公《こう》は間《あいだ》に入《はい》っていさめた。

「二人《ふたり》ともやめないか……ダルタニャン、もう会《あ》ったのなら話《はなし》は早《はや》い。彼《かれ》らは我《わ》が銃士隊《じゅうしたい》の中《なか》でも特《とく》に国王《こくおう》からの信頼《しんらい》のあつい『三銃士《さんじゅうし》』だ」

「ええっ、三人《にん》とも……銃士《じゅうし》さま？」

ダルタニャンはおどろいて、まじまじとそれぞれの顔《かお》を見《み》た。

「そうとも。彼女《かのじょ》は『聖女《せいじょ》』の異名《いみょう》をとるアラミスだ」

ならんだ三人《にん》のうち、トレヴィル公《こう》は静《しず》かに控《ひか》えていた女性《じょせい》を手《て》で示《しめ》した。

「また会《あ》えましたね。これもきっと神《かみ》さまの思《おぼ》し召《め》し」

紹介《しょうかい》をうけ、アラミスが帽子《ぼうし》をとって一礼《いちれい》する。

「こちらはポルトス。見《み》ての通《とお》り粗暴《そぼう》でいかついが、悪《わる》いヤツじゃない」

そして大《おお》きな獣人《じゅうじん》が、一歩《いっぽ》進《すす》みでた。

「がはは。そりゃ失礼《しつれい》ってもんだぜ隊長《たいちょう》。オレはこう見《み》えても洒落者《しゃれもの》なんだからな」

ポルトスは牙《きば》を見《み》せて笑《わら》いながら、分厚《ぶあつ》いマントをつまみあげてみせた。

たしかに金糸《きんし》でかざられたオシャレなものである。

ガサツに見《み》えても、身《み》なりには気《き》を遣《つか》っているのかもしれない。

「そしてこの青年《せいねん》が、アトス。戦《たたか》いに関《かん》することなら彼《かれ》が一番《いちばん》だ」

「…………」

アトスはあいさつらしいあいさつもせず、軽《かる》く肩《かた》をすくめた。

ダルタニャンはあらためて、ムッとする。

「そして、彼女《かのじょ》がダルタニャン。私《わたし》の古《ふる》い友人《ゆうじん》の娘《むすめ》だ」

「えっと……よろしくお願《ねが》いします」

ダルタニャンはペコリと頭《あたま》をさげる。

しかしアトスの表情《ひょうじょう》は硬《かた》いままだ。

クイと指先《ゆびさき》で片《かた》メガネをあげて、かたくるしい口調《くちょう》で言《い》った。

「お言葉《ことば》ですが隊長《たいちょう》。水《みず》をかけられてへたりこんでしまう猫娘《ねこむすめ》に、銃士隊員《じゅうしたいいん》がつとまるとは思《おも》えません」

ダルタニャンはさらにさらに、ムッとする。

「あれは油断《ゆだん》してただけだ！」

「戦場《せんじょう》ではその油断《ゆだん》が命《いのち》とりになる。ケガをしないうちに故郷《こきょう》に帰《かえ》れ」

どうやらアトスは、ダルタニャンを受《う》けいれる気《き》はみじんもないらしい。

「今度《こんど》は油断《ゆだん》しない！　あたしはぜったい、銃士《じゅうし》になる！」

「あしでまといは必要《ひつよう》ない」

あしでまとい。

そのひとことに、とうとうダルタニャンのどこかがぶつっと切《き》れてしまった。

「もう怒《おこ》った！　決闘《けっとう》だ！」

「私《わたし》は誇《ほこ》り高《たか》き銃士《じゅうし》だ。女子《おんなこ》どもにむける剣《けん》など、持《も》ってはいない」

アトスはまったく相手《あいて》にしなかった。

しかしダルタニャンはもうただの子《こ》どもではない。

ちゃんと隊長《たいちょう》に目通《めどお》りをした、銃士《じゅうし》の端《はし》くれなのだ。

「あたしだって……ちゃんと一人前《いちにんまえ》の銃士《じゅうし》になる！　父《ちち》とそう、約束《やくそく》したんだから」

ダルタニャンは一歩《いっぽ》も引《ひ》かず、見《み》あげるように背《せ》の高《たか》いアトスの目《め》を正面《しょうめん》から見《み》すえた。

「…………」

アトスはわずかに眉根《まゆね》をよせたまま、ダルタニャンをじっと見《み》おろす。

二人《ふたり》はそのまましばらく、動《うご》かない。

先《さき》に目《め》をそらしたのはアトスだった。

「いいだろう。おまえの力《ちから》を試《ため》してやる。今日《きょう》の午後《ごご》二時《じ》、教会《きょうかい》の裏《うら》の広場《ひろば》にこい」

マントをひるがえして、コツコツと部屋《へや》を出《で》ていく。

「アトス！」

アラミスが呼《よ》びとめようとするが、それより早《はや》く、バタリと扉《とびら》が閉《し》まってしまった。

「はっはっはー。あいつもまだまだ青《あお》いね」

ポルトスがおもしろがるように笑《わら》う。

「ダルタニャン。決闘《けっとう》の場《ば》に行《い》ってはなりませんよ」

アラミスはくるりとダルタニャンにむきなおり、静《しず》かに告《つ》げた。

「決闘《けっとう》は確《たし》かに、銃士《じゅうし》の誇《ほこ》りをかけておこなわれるもの。けれど、それで命《いのち》を落《お》とすものもいます。神《かみ》さまからもらった命《いのち》を粗末《そまつ》にするものではありません」

祈《いの》るように胸《むね》の前《まえ》で手《て》を組《く》み、そう言《い》いきかせる。

アラミスはどうやら、争《あらそ》いを好《この》まず、信心深《しんじんぶか》い性格《せいかく》のようだ。

「でも……でも……」

「あなたは、ケンカをするためにこの街《まち》にきたのですか？」

アラミスの視線《しせん》はじっとまっすぐ、ダルタニャンにそそがれている。

確《たし》かにここへきたのは、決闘《けっとう》ばかりするためではなく、一人前《いちにんまえ》の銃士《じゅうし》になるためだ。

「……うーん」

ダルタニャンは考《かんが》えこんだ。

はたして、どうするのがよいのだろう？

約束《やくそく》の時間《じかん》、ダルタニャンの足《あし》はやっぱり、決闘《けっとう》の場所《ばしょ》にむいていた。
アラミスには行《い》くなと言《い》われたが、どうしても後《あと》には引《ひ》けなかったのだ。
教会《きょうかい》の裏《うら》には畑《はたけ》が広《ひろ》がっている。
畑《はたけ》の外《はず》れの小《ちい》さな広場《ひろば》で、アトスが待《ま》っていた。
生真面目《きまじめ》な顔《かお》をして、腕《うで》を組《く》んでいる。

「きたか」

彼《かれ》はつかつかとダルタニャンに歩《あゆ》みより、剣《けん》をぬいた。

「チビで生意気《なまいき》な小娘《こむすめ》だが、決闘《けっとう》と言《い》われて無視《むし》はできない。相手《あいて》をしてやる。かかってこい」

「いちいち小娘《こむすめ》なんて言《い》われたくないっ！」

ダルタニャンはくってかかる。
しかしアトスは落《お》ちついたものだ。

「小娘《こむすめ》と言《い》われたくないなら、見《み》せてみろ。銃士《じゅうし》としての、おまえの力《ちから》を。私《わたし》にひざをつかせたら、認《みと》めてやる」

金色《きんいろ》の刃先《はさき》がすっと持《も》ちあげられる。

ダルタニャンのものよりわずかに大《おお》ぶりでまっすぐな、斬《き》れ味《あじ》のよさそうな剣《けん》だ。

そしてその構《かま》えには一筋《ひとすじ》のスキもない。

手練《てだ》れだということが、一目《ひとめ》でわかる。

ダルタニャンは意《い》を決《けっ》して、剣《けん》をぬこうとした。

二人《ふたり》の決闘《けっとう》がはじまる……はずだった、そのとき。

「イモー！」

とてつもなく間《ま》のぬけた声《こえ》がした。

「…………？」

二人《ふたり》は思《おも》いきり、毒気《どくけ》をぬかれた。

なぜなら畑《はたけ》の片隅《かたすみ》に、イモがあらわれたからだ。

正確《せいかく》には、手足《てあし》の生《は》えた、軍服《ぐんぷく》を着《き》たイモである。

食《た》べごろは過《す》ぎているのか、頭《あたま》のてっぺんにしっかりと芽《め》が生《は》えている。

「ははは、イモー！　イモー！」

手《て》にしたショベルで縦横《じゅうおう》に土《つち》をほじくりかえしている。

あたりにははげしく、土《つち》の塊《かたまり》が舞《ま》いちっていた。

「ここにイモを植《う》えるのだ。我輩《わがはい》はイモ男爵《だんしゃく》。この国《くに》のすべての作物《さくもつ》をイモにしてやる」

よくわからないが、とにかく教会《きょうかい》の畑《はたけ》をあらしているのは確《たし》かなようだ。

イモはおいしいが、作物《さくもつ》のすべてがイモになっては、さすがに困《こま》る。

「なにをしている。他人《たにん》の畑《はたけ》に、勝手《かって》にイモを植《う》えるな」

アトスがつかつかと歩《あゆ》みより、剣《けん》の切《き》っ先《さき》をむけた。

「むっ！　邪魔《じゃま》をするな！」

イモ男爵《だんしゃく》が怒鳴《どな》ると、地面《じめん》からニュッとイモのツルが出《で》てきた。

「はあっ！」

アトスはあっさりと、それらを斬《き》って捨《す》てる。

ばらばらと細切《こまぎ》れにされたツルが、じゅっ、と蒸発《じょうはつ》するように消《き》えた。

しかしそれはすぐに、にゅるりと再生《さいせい》する。

「わー！　すっごく気持《きも》ちわるい！」

ダルタニャンは率直《そっちょく》な感想《かんそう》を口《くち》にした。

「我輩《わがはい》を愚弄《ぐろう》するか！」

バカにされて怒《おこ》ったイモ男爵《だんしゃく》は、ショベルをガン！　と地面《じめん》に突《つ》きたてた。

ダルタニャンにむかって、とがった石《いし》くれが無数《むすう》に飛《と》ぶ。

「はっ！」

アトスがすかさず、剣《けん》をふるい、すべてはじき落《お》としてしまう。

その太刀筋《たちすじ》は本人《ほんにん》と同《おな》じく、まっすぐで迷《まよ》いがない。

しかしそのうらをかくように、アトスの背後《はいご》からツルがせまった。

イモのツルが巻《ま》きつき、アトスの手首《てくび》から自由《じゆう》をうばう。

「ふふふ。我輩《わがはい》のツルは変幻自在《へんげんじざい》なのだ。リシュリューさまにもおほめいただいた、デンプンパワーのなせるわざ」

その言葉《ことば》に、アトスがぴくりと反応《はんのう》した。

「貴様《きさま》、今《いま》リシュリューと言《い》ったか？」

「おっとっと、気《き》のせい気《き》のせい」

イモ男爵《だんしゃく》はあわてたように口元《くちもと》をおさえた。

そしてとらえたアトスの腕《うで》をぐっとしめあげる。

「……くっ」

ダルタニャンはもちろん、助《たす》けに入《はい》ろうとした。しかし。

「ニャニャニャ……！」

ツルはあとからあとから無数《むすう》に伸《の》びてくる。

左足《ひだりあし》に巻《ま》きつかれて、体重《たいじゅう》の軽《かる》いダルタニャンはあっさりと逆《さか》さづりにされてしまった。

「ニャー！　頭《あたま》に血《ち》がのぼる！」

「ふっふっふ。触《ふ》れるものみな搦《から》めとる。それが我輩《わがはい》の力《ちから》」

「く……」

アトスがあいた手《て》でツルを引《ひ》きちぎろうとする。

しかし変幻自在《へんげんじざい》のツルは、がっちりと太《ふと》く変化《へんか》してそれを許《ゆる》さない。

しっかりと大地《だいち》に根《ね》を張《は》るように、アトスを押《お》さえつけている。

「よーし、我輩《わがはい》のパワーを大解放《だいかいほう》だ！」

イモ男爵《だんしゃく》は突然《とつぜん》、**ズモモモ！**　と巨大化《きょだいか》し人型《ひとがた》に近《ちか》い形《かたち》になる。

さらにショベルをふるい、大《おお》きな岩《いわ》をアトスに飛《と》ばした。

バシュ！

しかしそんな岩《いわ》を、遠《とお》くからの一撃《いちげき》で両断《りょうだん》する者《もの》があった。

飛《と》んできたのは、紫紺《しこん》の闘気《とうき》。

「おいおい、どうしたんだ。仕方《しかた》ねえなアトス」

がははと笑《わら》う、そんな声《こえ》が聞《き》こえてきた。

「ポルトス！」

そこにいたのは獣人《じゅうじん》のポルトスだった。

剣《けん》をかまえて不敵《ふてき》に笑《わら》っている。

「おら！」

豪快《ごうかい》に突《つ》っこんで、イモ男爵《だんしゃく》をはじきとばす。

「ダルタニャン、今《いま》のうちです」

凛《りん》とした声《こえ》とともに、アラミスもあらわれた。

ひとつに結《ゆ》わえた金髪《きんぱつ》が風《かぜ》に躍《おど》る。

流《なが》れるような動《うご》きで剣《けん》を操《あやつ》り、すばやく一瞬《いっしゅん》で、ダルタニャンを解放《かいほう》した。

「ありがとう！」

ダルタニャンは逆《さか》さづりから一転《いってん》、くるりと宙返《ちゅうがえ》りして地面《じめん》に立《た》った。

「むむっ、新手《あらて》か！　こしゃくなり！」

イモ男爵《だんしゃく》はポルトスにもアラミスにもツルを伸《の》ばす。

「はっはっは。オレは重《おも》たいからな。そうかんたんには持《も》ちあがらないぞ」

全身《ぜんしん》ぐるぐる巻《ま》きにされてもポルトスは動《どう》じない。

それどころか……、

「はっ！」

と気合《きあ》いをこめて、ツルをぶち切《き》ってしまった。

「ニャニャニャ！　すごいパワー！　マッチョだ！」

宙《ちゅう》を舞《ま》うツルのカケラは、アラミスが後始末《あとしまつ》でもするようにスパスパと斬《き》って捨《す》ててしまう。つづけざまにアトスのことも解放《かいほう》した。

細《こま》かな風《かぜ》がいくつも生《う》まれる。

銃士《じゅうし》たちは、見《み》た目《め》もデコボコなら戦《たたか》い方《かた》も個性的《こせいてき》だった。

「「アトス！」」

「ああ！」

アラミスとポルトスがそろった動《うご》きで、剣《けん》にたまった闘気《とうき》を託《たく》すようにアトスにぶつける。

しっかりと受《う》けとめたアトスは、一気《いっき》に増幅《ぞうふく》させてひときわ太《ふと》い光《ひかり》をはなった。

一人《ひとり》でだけではなく、協力《きょうりょく》して戦《たたか》うのも得意《とくい》なようだ。

「あ、あたしだって……あんな風《ふう》に戦《たたか》いたい」

ダルタニャンは剣《けん》をかまえる。

柄《つか》をにぎりしめた手《て》に、ブワ……と小《ちい》さな震動《しんどう》が走《はし》る。

「なんだか……力《ちから》がたまってきた？」

剣身《けんしん》に白《しろ》い光《ひかり》が集《あつ》まっていた。

「今《いま》なら……やれる！　えい！」

「ぶお！」

剣《けん》をはらうと白《しろ》いオーラが飛《と》ぶ。

まだたよりないその光《ひかり》は、アトスのレーザーにつづくような形《かたち》でイモ男爵《だんしゃく》の尻《しり》のあたりを貫通《かんつう》した。

「おお、嬢《じょう》ちゃん、やるな。なかなか筋《すじ》がいい」

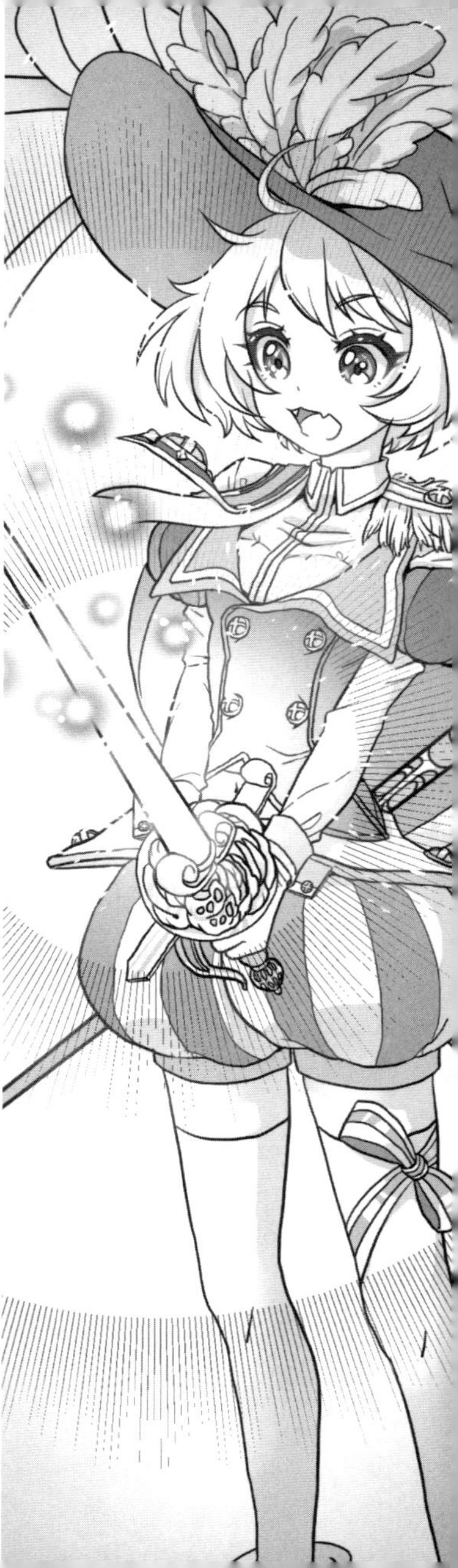

立《た》てつづけに攻撃《こうげき》されたイモ男爵《だんしゃく》はごろんごろんと転《ころ》がっていった。

「なにをする小娘《こむすめ》！　我輩《わがはい》の尻《しり》が欠《か》けたではないか。こうなったら！」

ズモモモ！

イモ男爵《だんしゃく》はまたしてもイモ型《がた》に姿《すがた》を変《か》えると、そのまま頭《あたま》で地面《じめん》を掘《ほ》りすすみ、土《つち》の中《なか》にもぐった。

「………？」

「はっはっは！　イモは、土《つち》に植《う》えられると何度《なんど》でもよみがえるのだ」

土《つち》の中《なか》から声《こえ》がする。

たしかにイモを種《たね》として植《う》えると、あらたなイモがみのる。

これがイモ男爵《だんしゃく》の回復方法《かいふくほうほう》らしい。

「猫娘《ねこむすめ》めぇ〜！　もうようしゃせんぞ！」

すっぽーん、と土《つち》を散《ち》らして、イモ男爵《だんしゃく》が出《で》てきた。

体力《たいりょく》の回復《かいふく》に成功《せいこう》し、つやつやとみずみずしいイモになっている。

「おまえの相手《あいて》はこっちだ。さっきのお返《かえ》しをさせてもらうぞ」

アトスが正面《しょうめん》に立《た》ちはだかった。

すっと体《からだ》をそらすように、剣《けん》をかまえる。

しかしそのとき、不意打《ふいう》ちのように地面《じめん》からツルが伸《の》び、彼《かれ》を襲《おそ》う。

「おまえの攻撃《こうげき》はもう見切《みき》った」

アトスは動《どう》じなかった。

最低限《さいていげん》の動《うご》きで、難《なん》なく無数《むすう》のツルを刻《きざ》んでしまう。

一振《ひとふ》りごとに、アトスの剣《けん》に力《ちから》がたくわえられていく。

赤々《あかあか》と燃《も》える炎《ほのお》のような光《ひかり》が輝《かがや》いていた。

「ぎゃあ！　あつい！　焼《や》きイモになる!!」

たまらずイモ男爵《だんしゃく》が泣《な》きごとを言《い》う。

アトスは絶妙《ぜつみょう》のタイミングで踏《ふ》みこみ、イモ男爵《だんしゃく》の本体《ほんたい》に斬《き》りかかる。

「は！」

スパリといい音《おと》がして、イモの上部分《うえぶぶん》が三分《ぶん》の一ほど吹《ふ》っ飛《と》んだ。

「ぎゃあああー！　スライスされた！　なんということだ！」

返《かえ》す刀《かたな》で、横《よこ》なぎにひと払《はら》い。

イモ男爵《だんしゃく》は、ポテトチップスのように刻《きざ》まれてしまった。

「ううう、あの方《かた》に言《い》いつけてやるからなー！」

さすがにツルとはちがい、本体《ほんたい》であるイモを斬《き》られては再生《さいせい》も追《お》いつかないらしい。

ぴゅーっと一目散《いちもくさん》に逃《に》げていった。

「あれは例《れい》の……『モンスター』というやつか。あんな風《ふう》に自分《じぶん》の意思《いし》で動《うご》き、しゃべり、戦《たたか》うこともできるとは……」

逃《に》げるイモ男爵《だんしゃく》を目《め》で追《お》い、剣《けん》をかちゃりと鞘《さや》におさめながら、アトスがつぶやく。

「そうみたいだな。一体《いったい》ならたいしたことはねぇが、あれがワラワラきたらと考《かんが》えると……ちょいと厄介《やっかい》かもしれねえ」

どこからかあらわれて悪《わる》さをし、住民《じゅうみん》に不安《ふあん》をあたえるモンスター。

トレヴィル公《こう》が言《い》っていた通《とお》りだ。

「ええ。国王陛下《こくおうへいか》にも報告《ほうこく》する必要《ひつよう》があります。謁見《えっけん》を願《ねが》いでなくては」

国王陛下《こくおうへいか》。そう聞《き》いてダルタニャンは手《て》をあげた。

「それ、あたしも行《い》く！」


ふかふかの絨毯《じゅうたん》に光《ひか》り輝《かがや》くシャンデリア。

大理石《だいりせき》の彫刻《ちょうこく》に、どこからともなく聞《き》こえる優雅《ゆうが》なバイオリンの音《おと》。

ダルタニャンと三銃士《さんじゅうし》、それにトレヴィル公《こう》の五人《にん》は、王宮《おうきゅう》にきていた。

「う、うわわわわ……」

ダルタニャンの胸《むね》は、さっきからドキドキしっぱなしだ。

ちょっと無理《むり》やりだけど、謁見《えっけん》にくっついてきてしまった。

まさかこんなに早《はや》く、国王《こくおう》さまに会《あ》えるなんて……。

「国王《こくおう》さま……どんな人《ひと》だろうニャ」

まだ即位《そくい》したばかりのこの国《くに》の王《おう》のことを、山奥育《やまおくそだ》ちのダルタニャンはほとんど知《し》らない。

謁見《えっけん》の間《ま》の奥《おく》には、ずっしりと重《おも》たそうなカーテンがかかっている。

「国王陛下《こくおうへいか》、ルイ13世《せい》がお越《こ》しになりました」

おつきの者《もの》がそう告《つ》げ、すっとそのカーテンを引《ひ》いた。

宝石《ほうせき》や金箔《きんぱく》で飾《かざ》られた椅子《いす》に、誰《だれ》かが座《すわ》っている。

「よくぞ参《まい》った。トレヴィル公《こう》に『三銃士《さんじゅうし》』よ」

そこにいるのは、十歳《じゅっさい》にも満《み》たない、かわいらしい女《おんな》の子《こ》だった。

ダルタニャンよりも小《ちい》さな体《からだ》をちょこんと椅子《いす》にあずけている。

しかし頭《あたま》の上《うえ》には、きらきら輝《かがや》く王冠《おうかん》が載《の》っていた。

「えぇーっ、あの子《こ》が国王《こくおう》さま？」

はじめて見《み》るその姿《すがた》に、ダルタニャンは思《おも》わずつぶやいてしまう。

「しっ。あのお方《かた》こそ、国王陛下《こくおうへいか》、ルイ13世《せい》です」

アラミスがそっとたしなめた。

トレヴィル公《こう》と三銃士《さんじゅうし》は、うやうやしくひざまずいて頭《あたま》をさげる。

あわててダルタニャンも真似《まね》をした。

「よいよい、顔《かお》をあげて楽《らく》にせい。ご苦労《くろう》であったな」

時代《じだい》がかった言《い》いまわしでルイ13世《せい》は言《い》う。

「トレヴィル公《こう》よ。こたびの銃士《じゅうし》たちの働《はたら》き、まことに見事《みごと》であったと聞《き》いておるぞ。イモ男爵《だんしゃく》などというふざけたモンスターを撃退《げきたい》したとか。それに……」

ルイ13世《せい》はトテトテと近《ちか》よって、立《た》ちあがったダルタニャンの顔《かお》をゆかいそうにのぞきこんだ。

「新《あたら》しい銃士《じゅうし》も、なかなかに活躍《かつやく》したとも聞《き》いておる」

それからぐぐっと背伸《せの》びをし、ダルタニャンの頭《あたま》に手《て》を伸《の》ばした。

「そなたがその見習《みなら》い銃士《じゅうし》、ダルタニャンか？　愛《あい》らしい猫《ねこ》の耳《みみ》じゃ」

「フニャン！」

耳《みみ》をサワサワされて、ダルタニャンはしっぽを逆立《さかだ》てた。

耳《みみ》やしっぽは、急《きゅう》に触《さわ》られるとムズムズするのだ。

しかし、国王《こくおう》さまにやめてとも言《い》えないのでガマンをした。

「………」

アラミスが生真面目《きまじめ》な表情《ひょうじょう》で、じっとその姿《すがた》を見《み》つめている。

「民《たみ》は今《いま》、モンスターにおびえているのだ。わらわはこの国《くに》の王《おう》として、民《たみ》の平穏《へいおん》な暮《く》らしを守《まも》りたい。よき銃士《じゅうし》にめぐまれたこと、本当《ほんとう》にうれしく思《おも》うぞ。どうかこれからもわらわを助《たす》け、民《たみ》のためにつくしてたもれ」

モフモフを終《お》えたルイ13世《せい》は、威厳《いげん》に満《み》ちた声《こえ》で言《い》う。

大《おお》きな目《め》の中《なか》に、つよい意志《いし》の光《ひかり》が見《み》えた。

たとえ少女《しょうじょ》であっても、その姿《すがた》は立派《りっぱ》な国王《こくおう》だった。

「わぁ……」

父《ちち》に何度《なんど》も『国王《こくおう》さまをお守《まも》りしろ』と言《い》われてきたが、はじめてちゃんとその「国王《こくおう》さま」がどんな人《ひと》なのかわかった気《き》がする。

小《ちい》さくても、立派《りっぱ》に国《くに》のことを考《かんが》えているのだ。

しっかりお仕《つか》えしようと、ダルタニャンは決意《けつい》を新《あら》たにした。

「四人《よにん》には褒美《ほうび》をとらせよう。金貨《きんか》を持《も》ってまいれ」

ルイ13世《せい》は、手《て》に持《も》った杖《つえ》でトンと床《ゆか》をうった。

「金貨《きんか》ならこちらにございます。国王陛下《こくおうへいか》」

束《たば》ねられたカーテンの陰《かげ》からあらわれたのは、一人《ひとり》の老人《ろうじん》。

重《おも》たそうな衣《ころも》を着《き》て、あごには豊《ゆた》かな白《しろ》いヒゲをたくわえ、赤《あか》い帽子《ぼうし》をかぶっている。

その帽子《ぼうし》は、枢機卿《すうききょう》だけがかぶることを許《ゆる》されるものだ。

「ダルタニャンにも紹介《しょうかい》しておこう。わらわの宰相《さいしょう》、リシュリュージャ」

国王《こくおう》がわざわざ紹介《しょうかい》したのにもかかわらず、リシュリュー枢機卿《すうききょう》はほとんど礼《れい》らしい礼《れい》もとらない。

じろりと品定《しなさだ》めをするような目《め》を、一瞬《いっしゅん》むけただけだ。

それどころかダルタニャンなどはじめからそこにいなかったかのように、話《はなし》を進《すす》める。

「陛下《へいか》、まもなく会議《かいぎ》の時間《じかん》です。お支度《したく》を」

「しかし、せっかく銃士《じゅうし》らが報告《ほうこく》にあがっているのに……」

「いつまでも新入《しんい》りの銃士《じゅうし》などにかまっている場合《ばあい》ではありませんぞ」

その言《い》い草《ぐさ》に、ダルタニャンはカチンときた。

しっぽがついつい、怒《いか》りと共《とも》にゆらぁっと左右《さゆう》に揺《ゆ》れそうになる。

トレヴィル公《こう》が気《き》づいて「ダルタニャン、おさえるんだ」と小声《こごえ》でさとした。

「やあ。ルイはここかい？」

そのとき、芝居《しばい》がかったキザな声《こえ》がした。

もう一人《ひとり》、貴族《きぞく》のようないでたちの男性《だんせい》があらわれる。

「バッキンガム公《こう》！」

ルイ13世《せい》はその姿《すがた》を見《み》るや、おさない顔《かお》をぱっと輝《かがや》かせた。

「ああ、会談中《かいだんちゅう》だったのか。失礼《しつれい》するよ」

バッキンガム公《こう》と呼《よ》ばれた男性《だんせい》は、甘《あま》いマスクの男前《おとこまえ》だった。

彼《かれ》はたいして遠慮《えんりょ》もせずにつかつかとルイ13世《せい》に近《ちか》よる。

そして慣《な》れた手《て》つきで、少女《しょうじょ》の手《て》をとって唇《くちびる》をおしあてた。

「ニャッ！　ちゅーした！」

貴族《きぞく》のあいさつとわかっていても、ダルタニャンはちょっとびっくりする。

「バッキンガム公《こう》よ。わらわに会《あ》いにきてくれたのか？」

ルイ13世《せい》はちょっとほおを染《そ》めて、うれしそうにたずねる。

「ええまあ……正《ただ》しくは明日《あす》、イギリスにもどることになりましたので、そのごあいさつに、ですが」

「ええっ！　国《くに》にもどってしまうのか？　そんな」

ルイ13世《せい》はとたんにシュンとする。

どうやらバッキンガム公《こう》とやらは、海《うみ》の向《む》こうのイギリスの貴《き》族《ぞく》で、公爵《こうしゃく》という地《ち》位《い》にあるらしい。そして、ルイ13世《せい》とも親《した》しい間柄《あいだがら》にあるようだ。

「すまないねルイ。また君《きみ》に会《あ》いにくるよ。僕《ぼく》のかわいい白薔薇《しろばら》」

バッキンガム公《こう》は、歯《は》が浮《う》くようなセリフをさらりと言《い》った。

「おおぅ、お熱《あつ》いねえ、公爵《こうしゃく》さまときたら」

ポルトスが、二人《ふたり》に聞《き》こえないようにぼそっとつぶやく。

「バッキンガム公《こう》よ。わらわはさみしいのじゃ……今日《きょう》はいっしょにいてくれぬのか？」

ルイ13世《せい》はあきらめきれないのか、バッキンガム公《こう》の袖《そで》をひく。

「子《こ》どもですね。あなたはもう国王陛下《こくおうへいか》なのですからワガママを申《もう》されては困《こま》りますよ」

横《よこ》から口《くち》をはさんだのはリシュリュー枢機卿《すうききょう》だった。

「さあ、時間《じかん》がせまっております。まいりましょう」

そしてルイ13世《せい》の両肩《りょうかた》をつかみ、ぐるりと背《せ》をむかせる。

「……わかった。バッキンガム公《こう》、また絶対《ぜったい》に、会《あ》いにきておくれ。……それにダルタニャンよ。そなたも今度《こんど》、わらわと遊《あそ》んでたもれ」

ルイ13世《せい》はしょんぼりした口調《くちょう》でそう言《い》うと、リシュリュー枢機卿《すうききょう》に連《つ》れられて、謁見《えっけん》の間《ま》を出《で》ていった。

「僕《ぼく》も行《い》くとしよう。では失礼《しつれい》。銃士隊《じゅうしたい》の諸君《しょくん》」

バッキンガム公《こう》も、キザな仕草《しぐさ》で髪《かみ》をかきあげ、優雅《ゆうが》に歩《ある》きさる。

残《のこ》されたダルタニャンは、うーん、と口《くち》をへの字《じ》にする。

「あの宰相《さいしょう》、なんだか冷《つめ》たい……それにバッキンガム公《こう》も、国王《こくおう》さまと遊《あそ》んであげればいいのに」

宰相《さいしょう》というのは国王《こくおう》のすぐそばにあって、力《ちから》になるべき存在《そんざい》だ。

なのにあの枢機卿《すうききょう》は、ルイ13世《せい》を大切《たいせつ》にしているようにも、敬意《けいい》を払《はら》っているようにも見《み》えなかった。

バッキンガム公《こう》も、好意《こうい》をむけてもらっているのに、ずいぶんそっけない対応《たいおう》に思《おも》える。

なんだか気《き》になってしまい、ダルタニャンはその場《ば》で「うーん」と考《かんが》えこんだ。

「ほら、行《い》くぞ」

そんなダルタニャンの首根《くびね》っこをアトスが引《ひ》っ張《ぱ》る。

それからたっぷりの金貨《きんか》をもらったダルタニャンたちは、王宮《おうきゅう》をあとにした。


「おーいしー！」

その夜《よる》、ダルタニャンと三銃士《さんじゅうし》は食堂《しょくどう》で豪華《ごうか》なディナーを食《た》べていた。

肉《にく》の入《はい》ったパイに、トウモロコシのスープに、ぶ厚《あつ》いハム。

今日《きょう》はいくらでもごはんが入《はい》りそうだ。

「しっかし、よく食《く》う嬢《じょう》ちゃんだなあ」

ルイ13世《せい》からもらった金貨《きんか》があれば、しばらくは食事《しょくじ》や寝床《ねどこ》に困《こま》ることはなさそうだった。

もぐもぐとほおをまんまるにして、ひたすら食《た》べるダルタニャンを、ポルトスがしげしげとながめている。

「嬢《じょう》ちゃんはやめて欲《ほ》しい。あたしにはダルタニャンって名前《なまえ》があるんだから」

「おっとそうだった。見習《みなら》いとはいえ銃士隊《じゅうしたい》の一員《いちいん》だからな。今日《きょう》からはそう呼《よ》ぼう」

「えへへ」

ちょっとうれしくなったダルタニャンは、おさえきれずにしっぽをフリッと動《うご》かしてしまう。

「せっかくだから明日《あす》、オレのなじみの店《みせ》でマントを仕立《した》てないか。しっぽには飾《かざ》り帯《おび》をむすんだらきっと似合《にあ》うぞ」

「うーん、しっぽはビンカンだからダメ」

「はっはっは、じゃあブーツを新《あたら》しくするか。国王《こくおう》さまからおほめの言葉《ことば》を頂戴《ちょうだい》したんだ、褒美《ほうび》の金貨《きんか》は景気《けいき》よく使《つか》わねえとな」

洒落者《しゃれもの》のポルトスはがぶがぶとワインを飲《の》みながら、楽《たの》しそうにそんな話《はなし》をしている。

アトスはあいかわらずの仏頂面《ぶっちょうづら》のまま、それでも文句《もんく》は言《い》わず、黙々《もくもく》と食事《しょくじ》をしていた。

一応《いちおう》、今日《きょう》のことを祝《いわ》うような気持《きも》ちはあるらしい。

アラミスはほとんど音《おと》もたてずに、品《ひん》よくパンやスープを口《くち》に運《はこ》んでいる。

「ダルタニャン。口元《くちもと》にソースがついています。動《うご》かないで」

「むひゃ」

そして真顔《まがお》のまま、ダルタニャンの世話《せわ》を焼《や》いてくれる。

「さあ、食事《しょくじ》のあとはあなたもお祈《いの》りを」

「はーい」

ダルタニャンといっしょに目《め》を閉《と》じて食後《しょくご》の祈《いの》りを終《お》えたアラミスは、顔《かお》をあげて切《き》りだした。

「それにしても……私《わたし》はやはり、リシュリュー枢機卿《すうききょう》によくないものを感《かん》じます」

「うん、あたしもそう思《おも》う。あの人《ひと》、感《かん》じが悪《わる》いよ！」

この三銃士《さんじゅうし》たちはガサツだったり不愛想《ぶあいそう》だったりするけれど。

でも肝心《かんじん》なところではダルタニャンを助《たす》けてくれるし、こうしていっしょにごはんを食《た》べてくれる。

リシュリュー枢機卿《すうききょう》からは、そういった気持《きも》ちのどれも感《かん》じなかった。

「アラミスのカンはあたる。やはり枢機卿《すうききょう》と親衛隊《しんえいたい》には注意《ちゅうい》をした方《ほう》がいいな」

「ああ……、目《め》を光《ひか》らせておいて損《そん》はねえ」

「それに、あのバッキンガム公《こう》とかいう男《おとこ》……いつのまにあんな風《ふう》に堂々《どうどう》と王宮《おうきゅう》に出入《でい》りするようになった？　私《わたし》はあの男《おとこ》にも、いい印象《いんしょう》がない」

「はい。国王陛下《こくおうへいか》もずいぶんと気《き》を許《ゆる》している風《ふう》で……気《き》になります」

三銃士《さんじゅうし》たちはそんな言葉《ことば》を交《か》わしている。

はむはむとパンを食《た》べながら、ダルタニャンは熱心《ねっしん》に耳《みみ》をかたむけた。


それからダルタニャンの、都《みやこ》での暮《く》らしがはじまった。

トレヴィル公《こう》が空《あ》きのある護衛士隊《ごえいしたい》を紹介《しょうかい》してくれたので、とりあえずはそこで下積《したづ》みをすることになった。

ほかの隊員《たいいん》と同《おな》じように宿舎《しゅくしゃ》に寝泊《ねと》まりし、街《まち》のもめごとを解決《かいけつ》したり、剣《けん》の腕《うで》を磨《みが》いたり。

しばらく修行《しゅぎょう》すれば、いずれ正式《せいしき》な銃士《じゅうし》になれる日《ひ》もくるだろう。

そう言《い》ってもらったので、毎日《まいにち》がんばっている。

「えい！」

今日《きょう》は、修練場《しゅうれんじょう》で張《は》りぼてを相手《あいて》に、剣《けん》の稽古《けいこ》をしていた。

まだまだぎこちないけれど少《すこ》しずつ、力《ちから》をためて剣《けん》を使《つか》うコツもわかってきた。

「おおー！」

白《しろ》いオーラが宙《ちゅう》をとびかう様《さま》に、同僚《どうりょう》の護衛士《ごえいし》たちが歓声《かんせい》をあげる。

ダルタニャンはへへん、とちょっぴり胸《むね》をはった。


「おい見《み》ろ、また親衛隊《しんえいたい》がきているぞ」

そう耳打《みみう》ちをされ、指《ゆび》さされた方《ほう》を見《み》る。

そろいのマントを身《み》にまとった、リシュリュー枢機卿《すうききょう》の親衛隊員《しんえいたいいん》が、門《もん》の方《ほう》からじっとこちらをうかがっている。まるで偵察《ていさつ》をするようなふるまいだ。

「……じろじろ見《み》られると、気分《きぶん》がよくないなぁ」

ダルタニャンのしっぽの毛《け》が、不快感《ふかいかん》でちょっと逆立《さかだ》つ。
銃士隊《じゅうしたい》と親衛隊《しんえいたい》の間《あいだ》では、決闘騒《けっとうさわ》ぎもしょっちゅう起《お》きている。
ふたつの隊《たい》の折《お》りあいが悪《わる》いというのは本当《ほんとう》だった。
「仲《なか》よくすればいいのに……おっと、そんなことより、修行《しゅぎょう》、修行《しゅぎょう》！」
ともあれ今《いま》は、すこしでも強《つよ》くならなくてははじまらない。
ダルタニャンは余計《よけい》な考《かんが》えをふりはらうように、稽古《けいこ》を再開《さいかい》した。

第《だい》3話《わ》

その日《ひ》、ダルタニャンはトレヴィル公《こう》のもとへむかっていた。

パリにきてから半月《はんつき》あまり。

剣《けん》の稽古《けいこ》や街《まち》の見《み》まわりに精《せい》を出《だ》したので、報告《ほうこく》がしたかったのだ。

邸《やしき》に通《とお》されて、トレヴィル公《こう》の執務室《しつむしつ》にむかっているとき。

「んん？」

耳《みみ》がぴくっと反応《はんのう》し、足《あし》が止《と》まる。

「大変《たいへん》なことになったな」

「ああ……まさかそんな手《て》を使《つか》うとは」

ぶ厚《あつ》い扉《とびら》のむこうから、ボソボソとそんな声《こえ》が聞《き》こえてくる。

「むむっ！　なんだニャン？」

ダルタニャンは猫型《ねこがた》の亜人《あじん》なので、小《ちい》さな物音《ものおと》や会話《かいわ》を拾《ひろ》うのが得意《とくい》だ。

なにやら深刻《しんこく》そうな口《くち》ぶりが気《き》になってついつい……立《た》ちぎきをしてしまった。

「トレヴィル公《こう》。やはりリシュリュー枢機卿《すうききょう》とバッキンガム公《こう》はつながっているとしか思《おも》えません」

「ああ、アラミス。君《きみ》の言《い》う通《とお》りだ。もはやまちがいはないだろう。すべてができすぎている」

「しかし、まさかあの首飾《くびかざ》りを狙《ねら》ってくるとは……いったい、彼《かれ》らの目的《もくてき》はなんだ？」

「そんなの決《き》まってらぁ、王宮《おうきゅう》をめちゃめちゃに混乱《こんらん》させることだよ」

中《なか》にいるのはどうやら、三銃士《さんじゅうし》とトレヴィル公《こう》の四人《よにん》のようだ。

「………？」

リシュリューは枢機卿《すうききょう》であり宰相《さいしょう》のはず……。

王宮《おうきゅう》をめちゃめちゃにしても、彼《かれ》にはなんの得《とく》もないように思《おも》える。

ダルタニャンは首《くび》をかしげる。

と、アラミスが扉《とびら》にむかって声《こえ》をかけてきた。

「そこにいるのは誰《だれ》です。ダルタニャンですか？」

確信《かくしん》をもった口調《くちょう》で、ずばりと言《い》い当《あ》てられてしまった。

「ば、ばれちゃった……」

こうなっては、バツが悪《わる》いが出《で》ていくしかない。

「おや、ダルタニャン。立《た》ちぎきしていたのかい」

トレヴィル公《こう》が、ちょっとまゆをひそめる。

「うっ、ごめんなさい……でもアラミス、どうしてあたしだってわかったの？」

「私《わたし》は神《かみ》の子《こ》ですから。神《かみ》さまと同《おな》じように、なんでもお見通《みとお》しなのです」

アラミスは真顔《まがお》のまま言《い》った。冗談《じょうだん》か本気《ほんき》かわからない。

「ところでさっきの話《はなし》は、いったい……？」

ダルタニャンはどうしても気《き》になり、猫耳《ねこみみ》をぴくぴくさせてたずねた。

四人《よにん》は顔《かお》を見《み》あわせる。

「おまえには関係《かんけい》のないことだ。忘《わす》れろ」

アトスは話《はなし》を打《う》ちきろうとした。

「ヤだ！　教《おし》えて欲《ほ》しい！　なにがあったんだニャ」

ダルタニャンはちょっと興奮気味《こうふんぎみ》に食《く》いさがる。

王宮《おうきゅう》をめちゃめちゃに、などと聞《き》いてはぜったいに引《ひ》きさがれない。

ダルタニャンはルイ13世《せい》のために働《はたら》くと決《き》めて、日々《ひび》がんばっているのだから。

「いいじゃねえか。見習《みなら》いとはいえ銃士《じゅうし》なんだ、教《おし》えてやろうぜ」

必死《ひっし》な様子《ようす》を見《み》て、助《たす》けぶねを出《だ》したのはポルトスだった。

「しかし」

アトスは渋《しぶ》い顔《かお》になるが、それ以上《いじょう》は止《と》めなかった。

「そうだね。ダルタニャン、秘密《ひみつ》を守《まも》れるかい」

トレヴィル公《こう》がダルタニャンにむきなおる。

「はい」

ダルタニャンはこくんとひとつうなずいた。

トレヴィル公《こう》はその返事《へんじ》を聞《き》き、声《こえ》を落《お》として説明《せつめい》する。

「ダルタニャン。国宝《こくほう》である首飾《くびかざ》りが、王宮《おうきゅう》からなくなってしまった。国《くに》に代々伝《だいだいつた》わる、銃士《じゅうし》に特別《とくべつ》な力《ちから》を授《さず》けると言《い》われているものが」

「ええっ！　それは大変《たいへん》。もしかして、盗《ぬす》まれた、とか？」

「それがそうではないのだ……国王陛下《こくおうへいか》みずから渡《わた》してしまったのだよ、バッキンガム公《こう》に」

「？？？」

ダルタニャンは首《くび》をかしげた。

そんなに大切《たいせつ》なものをなぜ、よその国《くに》の人間《にんげん》にあげてしまうのか。

「国王陛下《こくおうへいか》は、バッキンガム公《こう》に心《こころ》を奪《うば》われているのです」

アラミスが淡々《たんたん》と説明《せつめい》した。

ダルタニャンは、ルイ13世《せい》に謁見《えっけん》したときのことを思《おも》いだす。

「あっ、そっか。国王《こくおう》さま、確《たし》かに目《め》がハートだったような」

国《くに》に帰《かえ》るという公爵《こうしゃく》の言葉《ことば》を聞《き》いたとき、さびしそうにシュンとうつむいてもいた。

「ええ。きっと、陛下《へいか》の初恋《はつこい》なのでしょう。恋《こ》い焦《こ》がれると、人《ひと》は物事《ものごと》の道理《どうり》がわからなくなってしまうもの。小説《しょうせつ》にもそう書《か》いてあります」

「初恋《はつこい》……」

ダルタニャンには、まだよくわからない。

しかし、ルイ13世《せい》が、すっかりバッキンガム公《こう》を信《しん》じてしまっていることは確《たし》かなようだ。

「おそらく、すべて仕組《しく》まれたことだ。……バッキンガム公《こう》とリシュリューは、裏《うら》で手《て》を組《く》んでいる」

「手《て》を組《く》むって……。いったいどうして？」

イギリスとフランスの間《あいだ》には今《いま》は普通《ふつう》に行《い》き来《き》があるが、いずれ戦争《せんそう》になってもおかしくはないと言《い》われていた。

そんな国《くに》の公爵《こうしゃく》と枢機卿《すうききょう》が、どうして裏《うら》でつながったりするのだろう。

「枢機卿《すうききょう》は権力《けんりょく》を欲《ほ》しがっている。王宮《おうきゅう》を混乱《こんらん》させて、その隙《すき》に乗《じょう》じてすべての実権《じっけん》を手《て》にするつもりなのかもしれない」

「バッキンガム公《こう》の母国《ぼこく》であるイギリスにとっても、フランスが混乱《こんらん》するというのは悪《わる》い話《はなし》ではありませんから」

「二人《ふたり》で協力《きょうりょく》してこの国《くに》を乗《の》っとるつもりかもしれねえな」

「うーん、ニャるほど……」

ダルタニャンにはすこしむずかしい話《はなし》だが、とりあえず理解《りかい》できた。

これはなかなかめんどうな事態《じたい》だ。

「ルイ13世《せい》は、バッキンガム公《こう》の巧《たく》みな言葉遣《ことばづか》いに言《い》いくるめられて国宝《こくほう》でもある首飾《くびかざ》りを渡《わた》してしまったそうだ。そのことで我々《われわれ》に助《たす》けを求《もと》めてこられた。私《わたし》たちはこれから王宮《おうきゅう》にむかう」

「あたしも行《い》きます！」

トレヴィル公《こう》の言葉《ことば》に、ダルタニャンは勢《いきお》いよく手《て》をあげた。

ここまで聞《き》いたら引《ひ》きさがれない。

「やれやれ。こうなったら止《と》めても無駄《むだ》なんだろうなあ」

「しかたがないね」

ポルトスとトレヴィル公《こう》が苦笑《にがわら》いする。

「……くれぐれも余計《よけい》なことをするなよ」

アトスもしっかりくぎを刺《さ》しつつ、もう止《と》める気《き》はないようだった。

誰《だれ》にも聞《き》かれないところで話《はなし》がしたい。

そう思《おも》ったらしいルイ13世《せい》が指定《してい》した場所《ばしょ》は、城内《じょうない》の礼拝堂《れいはいどう》だった。

壁《かべ》では銀《ぎん》の燭台《しょくだい》に火《ひ》がともり、天使《てんし》の絵《え》を照《て》らしている。

「よくきてくれたのぅ……実《じつ》は、あれからさらに大変《たいへん》なことになっておるのじゃ」

ルイ13世《せい》は、見《み》るからに気落《きお》ちしていた。

「いったいなにがあったのです、陛下《へいか》」

たずねるトレヴィル公《こう》に、ルイ13世《せい》は一通《いっつう》の封筒《ふうとう》をさしだした。

「こんなものが貴族《きぞく》たちのもとに送《おく》られておるようなのじゃ」

「これは……」

書状《しょじょう》に目《め》を通《とお》したトレヴィル公《こう》のみけんに、くっきりとしわがよった。

「やられたな」

トレヴィル公《こう》は、苦《にが》い顔《かお》で首《くび》を振《ふ》る。

「なんと書《か》いてあるのですか？」

「世界《せかい》にふたつとない国宝《こくほう》である『宝珠《ほうじゅ》の首飾《くびかざ》り』を特別《とくべつ》にお披露目《ひろめ》する舞踏会《ぶとうかい》を開《ひら》く、だそうだ……しかもかなり大々的《だいだいてき》にやるつもりらしい。舞踏会《ぶとうかい》に招待《しょうたい》されるのは貴族《きぞく》だけだが、庭《にわ》で一般市民《いっぱんしみん》にも首飾《くびかざ》りを見《み》せる、と書《か》いてある」

それを聞《き》いて、アラミスとアトスの顔《かお》がさっとくもる。

「首飾《くびかざ》りのお披露目《ひろめ》……これは厄介《やっかい》なことになりました」

「陛下《へいか》の許《ゆる》しもえずに、なんと勝手《かって》な……！」

ポルトスも腕《うで》を組《く》んでうなった。

「ああ、まいったな。お披露目《ひろめ》をしようにも、『宝珠《ほうじゅ》の首飾《くびかざ》り』はねぇんだ」

なるほど、確《たし》かにこれは大問題《だいもんだい》である。

よその国《くに》の公爵《こうしゃく》に大切《たいせつ》なものを渡《わた》したなんて、民《たみ》や貴族《きぞく》たちに知《し》られたら、ルイ13世《せい》の信用《しんよう》は台無《だいな》しになってしまう。

まして、何千《なんぜん》という市民《しみん》の前《まえ》でその事実《じじつ》を公表《こうひょう》されたりでもしたら……。

「陛下《へいか》に恥《はじ》をかかせるつもりなのか……卑劣《ひれつ》な」

アトスがぎり、と唇《くちびる》をかんだ。

「そんなの、ひどいよ！」

ダルタニャンも、とうてい許《ゆる》せなかった。

みんなの前《まえ》で恥《はじ》をかかせるなんていくらなんでもひきょうだ。

「バッキンガム公《こう》は十日《とおか》ほど前《まえ》、この国《くに》を発《た》った……するってぇと、今《いま》はもう、イギリスについているころあいか？」

「やはり、タイミングが合《あ》いすぎています。首飾《くびかざ》りの件《けん》は、リシュリュー枢機卿《すうききょう》の指示《しじ》によるものなのでは」

ルイ13世《せい》を気《き》づかうような表情《ひょうじょう》をしつつも、きっぱりとアラミスが言《い》った。

それを聞《き》き、ルイ13世《せい》は、深《ふか》く長《なが》いため息《いき》をついた。

「わらわは……バッキンガム公《こう》を信《しん》じていた。国同士《くにどうし》は確《たし》かに関係《かんけい》がよいとは言《い》えない。それでもわらわを好《す》いてくれていると思《おも》っておった」

「国王《こくおう》さま……」

しょんぼりとうつむく様子《ようす》に、ダルタニャンの胸《むね》がぎゅっと痛《いた》む。

「『会《あ》えない間《あいだ》、君《きみ》と思《おも》って大事《だいじ》にしたいんだ。だからどうか、首飾《くびかざ》りを僕《ぼく》にくれないか』。

別《わか》れぎわ、そんな風《ふう》に言《い》われて、ことわれなかった。……しかしそれは、まちがっておったのじゃな」

「国王《こくおう》さまは悪《わる》くないニャ！　悪《わる》いのは……」

「しっ、誰《だれ》かきます」

アラミスがうしろから、ダルタニャンの顔《かお》をむぎゅっと抱《かか》えこんだ。

「おやおや、皆《みな》さま、こんなところにおそろいで」

ギイと音《おと》がして、礼拝堂《れいはいどう》の扉《とびら》が開《ひら》かれた。

あらわれたのはリシュリュー枢機卿《すうききょう》だった。

ふくみのある笑《え》みを浮《う》かべたまま、重《おも》そうな聖衣《せいい》を引《ひ》きずって歩《ある》いてくる。

「陛下《へいか》、困《こま》りますな。私《わたし》の許可《きょか》なく、銃士《じゅうし》どもを城《しろ》に入《い》れては」

リシュリュー枢機卿《すうききょう》はつめたい口調《くちょう》で言《い》う。

「ここはわらわの城《しろ》じゃ。そして彼《かれ》らはわらわの銃士《じゅうし》。皆《みな》と会《あ》うのに、おぬしの指図《さしず》は受《う》けぬ」

ルイ13世《せい》は堂々《どうどう》と言《い》いかえした。

リシュリュー枢機卿《すうききょう》の片眉《かたまゆ》が、不機嫌《ふきげん》そうにすこしだけもちあがる。

しかし感情《かんじょう》を隠《かく》すように、すぐにまたうっすらした笑顔《えがお》にもどった。

「それはそうと、ご覧《らん》になりましたか。舞踏会《ぶとうかい》の招待状《しょうたいじょう》を」

「……あれはなんなのじゃ。わらわはあんなもの、許可《きょか》しておらん」

「おやおや、これはひどいことを」

リシュリュー枢機卿《すうききょう》は、芝居《しばい》がかった仕草《しぐさ》で腕《うで》をひろげた。

「街《まち》にモンスターがあらわれ、民《たみ》はおびえているのです。皆《みな》を元気《げんき》づけるため、王宮《おうきゅう》でパーティーを開《ひら》こうというのですよ。めったに入《はい》れない王宮《おうきゅう》に、庭先《にわさき》だけでも足《あし》を踏《ふ》みいれることができるとあって、街《まち》のものは大変《たいへん》に喜《よろこ》んでおります。まさかとりやめになさるおつもりで？」

「むっ……」

民《たみ》のため。

そう言《い》われては、国王《こくおう》であるルイ13世《せい》はことわることなどできない。

彼《かれ》はまちがいなく、それをわかった上《うえ》で言《い》っている。

「国宝《こくほう》を一目《ひとめ》でいいから見《み》たい。皆《みな》、その一心《いっしん》で集《あつ》まってくるのです。ぜったいに、がっかりさせてはなりませんよ。十日後《とおかご》の舞踏会《ぶとうかい》までに、かならず首飾《くびかざ》りを用意《ようい》しておいてくださいね」

リシュリュー枢機卿《すうききょう》はそう言《い》いのこして背《せ》をむける。

去《さ》り際《ぎわ》に、ゆっくりと振《ふ》りかえった。

「まさか無理《むり》だとはおっしゃいますまい？」

ぐっと言葉《ことば》につまるルイ13世《せい》に、いやらしくニヤリと笑《わら》って見《み》せた。

「さあ、トレヴィル公《こう》たちのお帰《かえ》りだ。城門《じょうもん》までお送《おく》りしてさしあげろ」

枢機卿《すうききょう》は声《こえ》をはりあげ、パンパンと手《て》を叩《たた》いた。

親衛隊員《しんえいたいいん》たちがばらばらと十数人《じゅうすうにん》も集《あつ》まってくる。

彼《かれ》らは三銃士《さんじゅうし》たちへの敵意《てきい》をかくそうともせず、がしりと腕《うで》をとった。

「ニャ！　はなせ！」

そして五人《にん》はそのまま、城《しろ》の外《そと》へと追《お》いたてられてしまった。

「んもー！　モーレツに腹《はら》が立《た》つ！」

ダルタニャンは怒《いか》りがおさまらない。

銃士《じゅうし》たちの詰《つ》め所《しょ》に移《うつ》っても、まだ全身《ぜんしん》の毛《け》が逆立《さかだ》っている。

「隊長《たいちょう》。このままでは王宮《おうきゅう》が枢機卿《すうききょう》に乗《の》っとられてしまいます」

「ええ、もうリシュリュー枢機卿《すうききょう》の好《す》きにはさせておけません」

アトスとアラミスが口々《くちぐち》に言《い》う。

「そうだな。これ以上《いじょう》あの男《おとこ》をのさばらせては、国家《こっか》が転覆《てんぷく》しかねない」

トレヴィル公《こう》が重々《おもおも》しくうなずいた。

「おう。こっちからも打《う》ってでようぜ」

「あたしも協力《きょうりょく》する！　枢機卿《すうききょう》の野望《やぼう》を砕《くだ》くんだ！」

「まったくおまえは……なにか策《さく》はあるのか」

「ない！　ないけど……やるしかない！」

無鉄砲《むてっぽう》なダルタニャンの言葉《ことば》に、ポルトスがニッと笑《わら》う。

「策《さく》はないけどやるしかない、か。まっすぐでいいことじゃねえか」

「しかしとりあえず、十日後《とおかご》の舞踏会《ぶとうかい》をどうやって乗《の》りきるか……バッキンガム公《こう》に首飾《くびかざ》りを返《かえ》せと書状《しょじょう》を送《おく》っても応《おう》じないだろうね」

トレヴィル公《こう》が壁《かべ》にかけられた地図《ちず》をながめ、渋《しぶ》い顔《かお》になる。

「そもそも、書状《しょじょう》を送《おく》って返事《へんじ》を待《ま》つだけの時間《じかん》がないのではありませんか」

アラミスが地図《ちず》を指《ゆび》さす。

フランスとイギリスの間《あいだ》には、当然《とうぜん》ながら海《うみ》が横《よこ》たわっている。

早馬《はやうま》で駆《か》けて船《ふね》に乗《の》っても、間《ま》に合《あ》うかどうか怪《あや》しい距離《きょり》だ。

「すべては計算《けいさん》ずくというわけか……」

「いたいけな少女《しょうじょ》の恋心《こいごころ》を利用《りよう》するってのは、まったく男《おとこ》の風上《かざかみ》にも置《お》けねぇな……どうにかひと泡《あわ》ふかせてやりてぇところだが……」

そこで会話《かいわ》が途切《とぎ》れる。

現在《げんざい》イギリスにある『宝珠《ほうじゅ》の首飾《くびかざ》り』を十日後《とおかご》に王宮《おうきゅう》に用意《ようい》する。

どうあっても、実現《じつげん》できそうにない。

重《おも》たい沈黙《ちんもく》が、しばらくおりた。

「とりかえしに行《い》けばいいんじゃないかな」

沈黙《ちんもく》を破《やぶ》ったのはダルタニャンの声《こえ》だった。

「とりかえすだと？」

黒目《くろめ》だけをすっと動《うご》かし、アトスがダルタニャンを見《み》る。

「うん。急《いそ》いでイギリスに渡《わた》って、首飾《くびかざ》りをとりかえして、超特急《ちょうとっきゅう》でもどってくる！　これしかないと思《おも》う」

「返《かえ》してなどくれないと思《おも》うが」

「……うーん、じゃぁ、もらっちゃう！」

ダルタニャンは「ニャハ」とかわいく言《い》ってみた。

ふたたび、沈黙《ちんもく》がたちこめた。

「もらう……と言《い》えば聞《き》こえはいいですが、まさか」

「おいおい。まさか盗《ぬす》む、なんて言《い》うんじゃねえだろうな」

アラミスが眉《まゆ》をひそめ、ポルトスもぎょっと目《め》を見開《みひら》いた。

「それはその……リンキオーヘンっていうか。えへ」

さすがに堂々《どうどう》と『盗《ぬす》むんだっ！』とは言《い》えず、小首《こくび》をかしげてごまかした。

「……ダルタニャン。かわいく言《い》っても、とんでもないことを言《い》っているのは変《か》わらないよ」

トレヴィル公《こう》がさとす。

「話《はなし》にならないな。誇《ほこ》り高《たか》き銃士《じゅうし》が盗《ぬす》みなどできるものか」

誇《ほこ》りと高潔《こうけつ》さを重《おも》んじるアトスは、ぴしゃりときってすてる。

「う………でも……」

ダルタニャンは思《おも》いだす。

謁見《えっけん》をしたときの『どうかこれからもわらわを助《たす》け、民《たみ》のためにつくしてたもれ』という声《こえ》。

ルイ13世《せい》はダルタニャンを認《みと》め、その力《ちから》を求《もと》めてくれた。

だからダルタニャンは、どうしても、あの幼《おさな》い国王《こくおう》の力《ちから》になりたい。

さみしげにうつむいていてほしくない。

「あたし、国王《こくおう》さまには……ずるい人《ひと》に負《ま》けてほしくない」

腰《こし》にさげた剣《けん》を、ぐっとにぎった。

この剣《けん》で国王陛下《こくおうへいか》の力《ちから》になるため、ダルタニャンは村《むら》を出《で》てきたのだ。

「正《ただ》しい方法《ほうほう》じゃなくたって……あのお方《かた》を守《まも》りたいニャ」

その言葉《ことば》にまた、ずしりとした沈黙《ちんもく》がおりる。

しかし先程《さきほど》とは、すこしちがう雰囲気《ふんいき》の沈黙《ちんもく》だ。

なんの策《さく》もなく、行《い》きづまった末《すえ》の沈黙《ちんもく》じゃない。

あらたな可能性《かのうせい》をさぐるような。

進《すす》むべき道《みち》を選《えら》びとるような。

そんな、じわっとなにかが前《まえ》に進《すす》むような沈黙《ちんもく》だ。

「いいじゃねえか。オレは気《き》に入《い》ったぜ」

最初《さいしょ》にあっさりと賛成《さんせい》したのはポルトスだった。

「ああ。我《わ》が主君《しゅくん》たるルイ13世《せい》が、おかしなたくらみに屈《くっ》するのを見《み》てはいられないね。どうせ待《ま》っていても無駄《むだ》なら、やってみる価値《かち》はある」

トレヴィル公《こう》も、冷静《れいせい》な口調《くちょう》で言《い》った。

「私《わたし》は隊長《たいちょう》として、王宮《おうきゅう》を守《まも》ろう。君《きみ》たちの計画《けいかく》については陛下《へいか》に伝《つた》えておく」

「……トレヴィル公《こう》まで」

生真面目《きまじめ》なアトスは、首飾《くびかざ》りを盗《ぬす》みに行《い》く計画《けいかく》には乗《の》りきれないようだ。

いつもまっすぐな瞳《ひとみ》が、めずらしく迷《まよ》いに揺《ゆ》れている。

「アトス。私《わたし》もダルタニャンに賛成《さんせい》です」

そこでアラミスが、ダメ押《お》しのように言《い》った。

「国王陛下《こくおうへいか》を甘《あま》い言葉《ことば》でまどわし、罠《わな》にはめたものどもには、神《かみ》の裁《さば》きがくだるでしょう。いいえ。私《わたし》みずからが神《かみ》の子《こ》として、ヤツらを裁《さば》きます」

アラミスは胸《むね》の前《まえ》で手《て》を組《く》み、真顔《まがお》で過激《かげき》なことを言《い》った。

アトスはうつむいてじっと考《かんが》えこむ。

そして決意《けつい》した表情《ひょうじょう》で、顔《かお》をあげた。

「どうやら、行《い》くしか……ないようだな」

その場《ば》の全員《ぜんいん》が、大《おお》きくうなずく。

「必《かなら》ずや、国王陛下《こくおうへいか》のお役《やく》に立《た》ってみせましょう。それが、この国《くに》を守《まも》ることにもつながります」

「おう。『みんなは一人《ひとり》のために、一人《ひとり》はみんなのために！』だな」

ポルトスがまるで歌《うた》いあげるように、そんなことを言《い》った。

「？　それ、なに？」

ダルタニャンは耳《みみ》をピコッと立《た》ててたずねる。

「銃士隊《じゅうしたい》の合《あ》い言葉《ことば》みてぇなもんだ。大《おお》きな敵《てき》に立《た》ちむかうときは、この言葉《ことば》を忘《わす》れないようにするんだよ」

「仲間《なかま》を信《しん》じ、助《たす》けあうことで何倍《なんばい》もの力《ちから》がだせる。一人《ひとり》ではできないことも、個々《ここ》の力《ちから》をだしあえば目標《もくひょう》を達成《たっせい》できるのです。もちろん、自分自身《じぶんじしん》の力《ちから》を信《しん》じることも同《おな》じように大切《たいせつ》ですけどね」

「……いい言葉《ことば》だニャ」

絶対《ぜったい》、首飾《くびかざ》りをとりもどしてみせる。

ダルタニャンはそう決《き》め、同時《どうじ》に『合《あ》い言葉《ことば》』をしっかりと胸《むね》に刻《きざ》んだ。

ルイ13世《せい》の城《しろ》にはいくつもの高《たか》い塔《とう》や離《はな》れがある。

なかでも奥《おく》まった場所《ばしょ》にある一番高《いちばんたか》い塔《とう》の、最上階《さいじょうかい》。

「ふふふふふ……」

国王《こくおう》に次《つ》ぐような豪華《ごうか》な部屋《へや》を私室《ししつ》として与《あた》えられているのは……。

「どんな小細工《こざいく》をしようがムダだ」

リシュリュー枢機卿《すうききょう》だった。

「まさかこんな鏡《かがみ》が手《て》に入《はい》るとは」

部屋《へや》の奥《おく》に、両手《りょうて》をひろげても抱《かか》えきれないほどの大《おお》きな鏡《かがみ》がある。

それはただの鏡《かがみ》ではない。ゆらゆらと揺《ゆ》れる邪悪《じゃあく》な光《ひかり》が、たっぷりと蓄《たくわ》えられている。

枢機卿《すうききょう》は、ニヤリと笑《わら》いながら、その鏡《かがみ》に手《て》をふれた。

ドプリとにごった音《おと》を立《た》てて、手《て》が吸《す》いこまれる。

黒《くろ》いモヤのようなものが、しゅう……と鏡面《きょうめん》からわきだしてきた。

「さあ、異界《いかい》のものよ。こちらに渡《わた》ってくるがよい」

枢機卿《すうききょう》の声《こえ》は、部屋《へや》に満《み》ちた瘴気《しょうき》に吸《す》いこまれるように消《き》えた。

第《だい》4話《わ》

ダルタニャンと三銃士《さんじゅうし》は、港《みなと》へつづく道《みち》を馬《うま》で駆《か》けていた。

「はっ！」

ヒヒーン！

三人《にん》の手綱《たづな》さばきは見事《みごと》なものである。

一陣《いちじん》の疾風《しっぷう》のように街道《かいどう》を駆《か》けぬけていく。

ダルタニャンは乗馬《じょうば》ができないので、アラミスのうしろに乗《の》せてもらっていた。

「うううー、馬《うま》って速《はや》い。舌《した》をかみそうだよ」

「しっかりつかまっているのですよ、ダルタニャン」

「うん。そうする」

そう言《い》われて、ぎゅっとアラミスにしがみついた。

「仲《なか》よしだねぇ。なんだかダルタニャンがきてから、アラミスは表情《ひょうじょう》がやさしくなったな」

「そんなことはありません」

ポルトスにからかわれ、アラミスは無表情《むひょうじょう》で否定《ひてい》する。

しかし確《たし》かに、背中《せなか》にダルタニャンをかばうような手《て》つきには、やさしさがにじんでいる。

「えへへ。ありがとうアラミス」

ダルタニャンはうれしくなって、さらにむぎゅっとアラミスに抱《だ》きついた。

「…………」

アラミスは照《て》れたようにちょっと目《め》をふせた。

「おい、無駄口《むだぐち》をたたくな」

先《さき》を行《い》くアトスがすぱりと釘《くぎ》をさす。

もとより冗談《じょうだん》が嫌《きら》いでストイックなアトスだ。

旅《たび》に出《で》てからはなおのこと、口数《くちかず》がへっていた。

「アトスよぅ。もっと余裕《よゆう》ってやつをもとうぜ。こういうときこそ洒落《しゃれ》のひとつも言《い》えるのが、いい男《おとこ》ってもんだ」

ポルトスはアトスが心配《しんぱい》でもあるのか、そんなことを言《い》う。

「洒落《しゃれ》など口《くち》にしている場合《ばあい》ではない。事態《じたい》は急《きゅう》を要《よう》する」

しかしアトスはあいかわらず堅物《かたぶつ》だった。

これから山《やま》をひとつ越《こ》えて、十日以内《とおかいない》にイギリスに渡《わた》り、首飾《くびかざ》りをとりもどして、フランスに帰《かえ》らなくてはならない。

「ま、確《たし》かに大急《おおいそ》ぎの旅《たび》だな。ビシバシと行《い》くか」

ポルトスがぐっと体《からだ》を前《まえ》に傾《かたむ》けて馬《うま》のスピードをあげた。

「よぉーし、あたしも全速力《ぜんそくりょく》っ！」

「全速力《ぜんそくりょく》を出《だ》すのはおまえじゃない。アラミスと、アラミスの馬《うま》だ」

「はい。お願《ねが》いします……」

「……ふふ」

アトスとダルタニャンが言《い》いあうのを聞《き》いて、アラミスがめずらしく、小《ちい》さく笑《わら》った。

「さあ、行《い》きますよ」

そして彼女《かのじょ》も、馬《うま》にぴしりとムチをいれた。

その晩《ばん》、四人《よにん》は街道《かいどう》にある宿屋《やどや》で休憩《きゅうけい》をとっていた。

パンとワインが自慢《じまん》の店《みせ》らしく、客《きゃく》も大入《おおい》りである。

「さあ、しっかり食《た》べておかねぇとな」

「うわー、おいしそう」

形《かたち》も様々《さまざま》なパンからは、小麦《こむぎ》のいい香《かお》りがする。

耳《みみ》をピコピコさせてダルタニャンがよろこんでいるところへ、近《ちか》づいてくるものがあった。

「よい剣《けん》をお持《も》ちですね」

にこにこと笑《え》みを浮《う》かべる、おだやかそうな紳士《しんし》だった。

手《て》にしたビンには、こっくりと赤《あか》いワインがなみなみと入《はい》っていた。

「おう、わかるかい？」

洒落者《しゃれもの》のポルトスは、上機嫌《じょうきげん》で吊《つ》り帯《おび》を持《も》ちあげる。

「ええ。見《み》るものが見《み》ればわかる、一級品《いっきゅうひん》ですな。すばらしい芸術品《げいじゅつひん》を見《み》せてもらったお礼《れい》に、ワインをごちそうさせてください」

そう言《い》うと、三銃士《さんじゅうし》のグラスにワインをそそぐ。

「さあ、乾杯《かんぱい》を」

手《て》わたされたグラスを軽《かる》くまわしながら、ポルトスがたずねた。

「なにに乾杯《かんぱい》するんだ？」

「これからのフランスを背負《しょ》って立《た》つリシュリュー枢機卿《すうききょう》に」

紳士《しんし》はあいかわらず、にこにこと笑《わら》っている。

「おっと。それはちょいとばかり納得《なっとく》いかねえなあ。今《いま》、この国《くに》の玉座《ぎょくざ》に座《すわ》るのは、国王《こくおう》ルイ13世《せい》じゃねえか」

「じっさいに政《まつりごと》をおこなっているのはリシュリューさまではないですか」

「それでも国王《こくおう》さまは国王《こくおう》さまだ。あいにくとオレたちはルイ13世《せい》に忠誠《ちゅうせい》を誓《ちか》ってるもんでね……それに」

ポルトスは、ワイングラスにすっと顔《かお》を近《ちか》づけ、確信《かくしん》のこもった声《こえ》で言《い》った。

「このワイン……毒入《どくい》り、なんてことはねえかい？」

「！」

紳士《しんし》が笑《え》みを貼《は》りつけたまま、動《うご》きを止《と》める。

「悪《わる》いな、オレは獣人《じゅうじん》の中《なか》でも、特《とく》に鼻《はな》がきくんだ」

ポルトスはニッと牙《きば》を見《み》せて深《ふか》く笑《わら》うと、まっ赤《か》なワインを細《ほそ》く、床《ゆか》にこぼした。

そしてグラスを置《お》き、剣《けん》をぬいて立《た》ちあがった。

アトス、アラミス、ダルタニャンもそれにつづく。

「なにが目的《もくてき》か知《し》らないが、メシを邪魔《じゃま》されたらだまっちゃいられねえな」

「そうだよっ！　おいしいパン食《た》べたかったのに」

ダルタニャンはパンに未練《みれん》たらたらである。

「ちっ！」

ワインの男《おとこ》が大《おお》きく舌打《したう》ちし、ざっと一歩《いっぽ》さがった。

同時《どうじ》に、食事《しょくじ》をしていた客《きゃく》たちの何人《なんにん》かが逃《に》げ……また何人《なんにん》かが、こちらをにらみながら立《た》ちあがった。

まちがいなくこの連中《れんちゅう》は、敵《てき》だ。

計画《けいかく》に気《き》づいたリシュリュー枢機卿《すうききょう》が刺客《しかく》をよこしたのだろうか。

「あ、あわわわわ、お客《きゃく》さま。ケンカは外《そと》でお願《ねが》いしますよ」

宿《やど》の店主《てんしゅ》はあわてている。こちらはグルではないらしい。

ガシャンと激《はげ》しい音《おと》がする。

男《おとこ》の一人《ひとり》が、空《から》のワインボトルをテーブルにぶつけて割《わ》った音《おと》だ。

先《さき》のとがった割《わ》れビンを手《て》にしてじりじりとこちらにむかってくる。

「なんと野蛮《やばん》な！」

荒々《あらあら》しいやり方《かた》に、アトスがはきすてるように言《い》った。

「ここはオレにまかせろ！」

大《おお》きく振《ふ》りかぶって斬《き》りかかりながら、ポルトスが叫《さけ》んだ。

力《ちから》ずくで二人《ふたり》を、一気《いっき》に片《かた》づける。

「ポルトス！　しかし……」

「気《き》にすんな！　たっぷり食《く》って合流《ごうりゅう》するよ！」

言《い》うなりポルトスはもう一人《ひとり》、顔《かお》をつかんで壁《かべ》にたたきつけた。

こちらはこちらで、銃士《じゅうし》にしては品《ひん》のないやり方《かた》だ。

しかし、ポルトスの豪快《ごうかい》な力《ちから》を目《ま》の当《あ》たりにした男《おとこ》たちはあきらかにひるんだ。

「さあ！　何人《なんにん》でもかかってこい！」

ポルトスがびりびりと空気《くうき》をふるわせて、野獣《やじゅう》のような声《こえ》で吠《ほ》えた。

「おまえはこっちにこい」

果《は》たしてポルトスを残《のこ》していっていいものかどうか。

そう考《かんが》えとまどうダルタニャンの肩《かた》を、アトスがつかんで引《ひ》いた。

そのままさっさと、その体《からだ》を小脇《こわき》に抱《かか》える。

「ニャー！　そんな持《も》ち方《かた》ヤだ！」

まるっきりの猫《ねこ》あつかいに、ダルタニャンは抗議《こうぎ》の声《こえ》をあげた。

アラミスもすばやく身《み》をひるがえし、扉《とびら》がふさがれる前《まえ》にさっと外《そと》に出《で》る。

「そうだ、それでいい！　はっはー！」

襲《おそ》ってくる暴漢《ぼうかん》の武器《ぶき》を受《う》けとめながら、ポルトスが楽《たの》しげに笑《わら》った。

「いいか、止《と》まるんじゃねえぞ。誰《だれ》か一人《ひとり》でもいい、イギリスに渡《わた》るんだ。一人《ひとり》でもたどりつけば、オレたちの勝《か》ちだ！」

建物《たてもの》の中《なか》から、ポルトスの怒鳴《どな》り声《ごえ》と剣《けん》のぶつかる音《おと》が聞《き》こえる。

アトスはダルタニャンを小脇《こわき》に抱《かか》えたまま、馬《うま》に飛《と》びのった。

「しゃべると舌《した》をかむぞ。黙《だま》っていろ」

そう言《い》われたので、ダルタニャンは怒《おこ》るに怒《おこ》れなくなる。

おどろいて暴《あば》れる馬《うま》をどうにかなだめ、アトスとアラミスは宿《やど》をはなれた。


「……どうにか、撒《ま》いたか」

三人《にん》になってしまった一行《いっこう》は、馬《うま》にまたがり、森《もり》の中《なか》をひた走《はし》っていた。

小脇《こわき》に抱《かか》えられていたダルタニャンは、今《いま》はアトスの前《まえ》に乗《の》っている。

「ポルトス、大丈夫《だいじょうぶ》かな……」

首《くび》を伸《の》ばしても、もうとっくに、宿屋《やどや》は見《み》えない。

「あいつなら心配《しんぱい》いらない。きっちりと足止《あしど》めをしてくれるはずだ」

アトスは街《まち》の方《ほう》を振《ふ》りかえりもせずに言《い》った。

しかしそれは、冷《つめ》たさゆえではない。

ポルトスを信《しん》じているからだろう。

「ええ。私《わたし》たちは先《さき》へ進《すす》みましょう……はっ！」

アラミスが馬《うま》の腹《はら》を足《あし》で打《う》つ。

「あいつの言《い》っていた通《とお》りだ。誰《だれ》か一人《ひとり》でも海《うみ》を渡《わた》ることができればいい。全員《ぜんいん》がやられてはおしまいだからな」

みんなは一人《ひとり》のために、一人《ひとり》はみんなのために！

ダルタニャンはふっと胸《むね》に刻《きざ》んだ銃士隊《じゅうしたい》の合《あ》い言葉《ことば》を思《おも》いだした。

おたがいのためにがむしゃらに頑張《がんば》るばかりではなく、ときにはこうして、つらい決断《けつだん》も必要《ひつよう》なのかもしれない。

「……なんだか……きびしいんだね」

「当《あ》たり前《まえ》だ。生《なま》やさしい旅《たび》だと思《おも》っていたのか？」

アトスは冷淡《れいたん》にも聞《き》こえる口調《くちょう》で言《い》う。

「うう……負《ま》けないんだから」

ダルタニャンはあらためて、心《こころ》に気《き》合《あ》いを入《い》れなおした。

森《もり》の中《なか》で野宿《のじゅく》をして夜《よ》を明《あ》かし、翌日《よくじつ》もダルタニャンはアラミスのうしろに乗《の》り、山道《やまみち》を進《すす》んでいた。

一行《いっこう》の顔《かお》にはつかれがにじんでいるが、それでも足《あし》を止《と》めるわけにはいかない。

「ん？　工事《こうじ》か」

アトスがなにかに気《き》づいて馬《うま》を止《と》める。

泥《どろ》だらけの服《ふく》を着《き》た男《おとこ》たちが、せっせと木材《もくざい》や泥《どろ》を運《はこ》んでいる。

道《みち》の一部《いちぶ》が狭《せま》くなっていた。

「くずれた道《みち》をなおしているんでげす」

よってきた一人《ひとり》の男《おとこ》が、アトスにむかってそう説明《せつめい》した。

「……このあたりで道《みち》がくずれたという話《はなし》は聞《き》かないが」

「おやおや。それはそうでございましょう、だんな。だってこの工事《こうじ》は……」

男《おとこ》の顔《かお》が、ニヤリと歪《ゆが》む。

「おまえらを捕《つか》まえるためのものだからなあ」

不意打《ふいう》ちだった。

ブン！ と空気《くうき》が揺《ゆ》れる。

「っ！」

アトスがとっさに肩《かた》をそらし、飛《と》んできたなにかをかわす。

闘気《とうき》のショットだ、ということに気《き》づくまで一瞬《いっしゅん》の間《ま》が必要《ひつよう》だった。

「くらえ！」

工事《こうじ》の男《おとこ》たちがどろりと実体《じったい》を失《うしな》う。

しゅうしゅうと煙《けむり》が立《た》ちこめ……、中《なか》からあらわれたのは鮮《あざ》やかな緑色《みどりいろ》のウロコを持《も》つトカゲのモンスターだった。

「ちっ！　バジリスクか！」

「あいつらも……不思議《ふしぎ》な力《ちから》を持《も》ってるんだニャン」

アトスとアラミスは馬《うま》を操《あやつ》り、その場《ば》を一気《いっき》に駆《か》けぬけようとした。

しかし道《みち》はあらかじめ狭《せま》くしてあった上《うえ》に、ひどくぬかるんでいる。

足《あし》をとられてしまい、思《おも》うように動《うご》けない。

「くっ、ダルタニャン、頭《あたま》をさげて」

アラミスがつぎつぎむかってくる敵《てき》に、新緑《しんりょく》の色《いろ》の闘気《とうき》をはなつ。

道《みち》の左右《さゆう》に生《は》えた木々《きぎ》の隙間《すきま》からぱらぱらと新《あら》たな敵《てき》がやってきた。

バジリスクは、地面《じめん》をすべるようにすばやく移動《いどう》をする。

森《もり》で生《い》きる彼《かれ》らは目《め》が利《き》くだろうが、しかしこちらの視界《しかい》は良《よ》くない。

「アトス！　無理《むり》やり突破《とっぱ》するしかありません！」

「ああ！」

周囲《しゅうい》にはうっそうと木《き》がしげり、身動《みうご》きもとれないような状態《じょうたい》だ。

剣《けん》を振《ふ》りまわして戦《たたか》うこともむずかしいだろう。

馬上《ばじょう》から敵《てき》を蹴散《けち》らし、狭《せま》い道《みち》をどうにか通《とお》って逃《に》げるしかない。


ヒヒーン！

二頭《とう》の馬《うま》が、パニックをおこして激《はげ》しく暴《あば》れる。

「くっ」

そのときアラミスの肩《かた》に、ばしりと一撃《いちげき》、攻撃《こうげき》が当《あ》たる。

ダルタニャンをかばうような形《かたち》だった。

「アラミス！」

「大丈夫《だいじょうぶ》です、たいしたことは……！　あっ！」

馬《うま》の腹《はら》にもう一発《いっぱつ》、命中《めいちゅう》した。

アラミスは肩《かた》を押《お》さえ、しかし気丈《きじょう》にも、手綱《たづな》ははなさない。

ダルタニャンはその背中《せなか》を必死《ひっし》で支《ささ》える。

「アラミス、耐《た》えろ……！」

追《お》いすがる敵《てき》を斬《き》り捨《す》てながら、アトスがさけんだ。

「ど、どうしよう……」

敵《てき》の攻撃《こうげき》はつづいている。アラミスは馬《うま》を操《あやつ》るのが精《せい》いっぱいだ。

「あたしも、戦《たたか》わなきゃ」

しかしこの木々《きぎ》の隙間《すきま》をぬってこちらから攻撃《こうげき》を当《あ》てるのは不可能《ふかのう》に近《ちか》い。

ダルタニャンはがくがくと揺《ゆ》れる視界《しかい》の中《なか》、アラミスを支《ささ》えながら考《かんが》えを巡《めぐ》らせる。

「！　そうだ」

隙間《すきま》をぬうのがむずかしいなら……跳《は》ねかえらせてはどうだろう。

力《ちから》の加減《かげん》はむずかしいけど、うまく木《き》にあてながら敵《てき》を巻《ま》きこむことはできないだろうか。

「うまくいくかわからないけど、やってみよう！」

ダルタニャンはあちこちから襲《おそ》ってくるバジリスクの数《かず》と、その動《うご》きを、必死《ひっし》で読《よ》もうとした。

「むむむ……よしっ！」

一本《いっぽん》、数体《すうたい》まとめて弾《はじ》き飛《と》ばせる「道《みち》」を見《み》つけた。

「アラミス、ちょっとだけがまんして！　あたしがあいつら、どうにかするから」

猫《ねこ》のバランス感覚《かんかく》をいかして、馬《うま》の背《せ》でうしろをむきながらすっと剣《けん》をぬいた。

「えい！　そこだあ！」


キン！

ダルタニャンのはなった白《しろ》い闘気《とうき》は大木《たいぼく》にぶつかってジグザグに反射《はんしゃ》する。角度《かくど》がよかったのか、思《おも》った以上《いじょう》の速《はや》さと威力《いりょく》で敵《てき》をかすめ、二体《たい》、三体《たい》とふっとばしていく。

最後《さいご》にひときわ大《おお》きな木《き》にぶつかって爆発《ばくはつ》した。

木《き》や石《いし》のカケラが無数《むすう》に飛《と》びちり、バジリスクたちはたまらず、動《うご》きを止《と》める。

足止《あしど》めは成功《せいこう》だ。

「やった！」

「……ありがとう、ダルタニャン……今《いま》のうちに逃《に》げましょう」

アラミスが細《ほそ》い声《こえ》で言《い》い、馬《うま》にムチをいれた。

その後《ご》も、あめあられと注《そそ》ぐ攻撃《こうげき》をどうにかかわし、山道《やまみち》をぬけた。

小《ちい》さな教会《きょうかい》にケガをしたアラミスを運《はこ》びこむころには、すでに日《ひ》が傾《かたむ》きかけていた。

「銃士《じゅうし》さま、大丈夫《だいじょうぶ》でございますか」

山奥《やまおく》の教会《きょうかい》には枢機卿《すうききょう》の手《て》も伸《の》びてはいないようだ。

年老《としお》いたシスターがあわてて、アラミスのためのベッドを用意《ようい》してくれた。

「はぁ、はぁ……」

攻撃《こうげき》を受《う》けた当初《とうしょ》は顔色《かおいろ》ひとつ変《か》えなかったのに。

ベッドに寝《ね》かされたとたん、アラミスは激《はげ》しくあらい呼吸《こきゅう》をはじめる。

ずっと我慢《がまん》をしていたのだろう。

その顔《かお》はまっ青《さお》だった。

長《なが》いまつげがふるふると揺《ゆ》れている。

「馬《うま》にあたしを乗《の》せてたばっかりに……」

まっ白《しろ》な包帯《ほうたい》を見《み》て、ダルタニャンの声《こえ》は沈《しず》む。

「私《わたし》は大丈夫《だいじょうぶ》です……」

アラミスは横《よこ》になったまま、細《ほそ》い声《こえ》で言《い》った。

そしてアトスに視線《しせん》をむけ、必死《ひっし》でうったえる。

「アトス。ダルタニャンを連《つ》れて、港《みなと》へむかってください。船《ふね》が出《で》てしまいます。もう一《いっ》刻《こく》の猶予《ゆうよ》もありません」

「でも……」

アトスとダルタニャンは顔《かお》を見《み》あわせる。

「大丈夫《だいじょうぶ》。ここでシスターに手当《てあ》てをしてもらい、動《うご》けるようになったらすぐ、このことを伝《つた》えに都《みやこ》へもどります。どこかでポルトスとも合流《ごうりゅう》できるでしょう」

「わかった。そうする」

アトスが少《すこ》し考《かんが》えた末《すえ》にうなずく。

アラミスは汗《あせ》の浮《う》いた顔《かお》でほほ笑《え》み、ダルタニャンに視線《しせん》をむけた。

目《め》が合《あ》った瞬間《しゅんかん》、その顔《かお》から、すっと笑《え》みが引《ひ》く。

「ひとつだけ。ダルタニャンに教《おし》えて欲《ほ》しいことがあります」

「……なんだニャン？」

アラミスの真顔《まがお》には、えもいわれぬ迫力《はくりょく》がある。

なにをたずねられるのだろうと緊張《きんちょう》して、ダルタニャンはぴしりと姿勢《しせい》をただした。

「私《わたし》とダルタニャンは……友《とも》だちですよね」

「…………」

「…………」

アトスとダルタニャンはそろって沈黙《ちんもく》した。

冗談《じょうだん》か本気《ほんき》か分《わ》からない。

いや本気《ほんき》だ。目《め》がこのうえなく真剣《しんけん》だ。

「ちがうのですか」

「うっ！　ううん！　そうだと思《おも》うけど！　……どうして急《きゅう》に？」

アラミスは傷《きず》の痛《いた》みに眉《まゆ》を顰《ひそ》めつつも、ちょっと恥《は》ずかしいような切《せつ》ないような顔《かお》をした。

「私《わたし》には今《いま》まで、女《おんな》の子《こ》の友《とも》だちがいなかったのです。ずっと神《かみ》さまにお仕《つか》えして、殿方《とのがた》ばかりの銃士隊《じゅうしたい》ではたらいて……もちろん神《かみ》さまに仕《つか》えることは喜《よろこ》びですし、銃士《じゅうし》の皆《みんな》は大切《たいせつ》な仲間《なかま》。でも今《いま》……、ダルタニャンに友《とも》だちと言《い》ってもらって、うれしかった」

「アラミス……」

『聖女《せいじょ》』と呼《よ》ばれるアラミスはいつも凛《りん》として美《うつく》しく、気《き》をはって生《い》きているように見《み》えた。

でも、心《こころ》の中《なか》にはこんな風《ふう》に、ごく普通《ふつう》の女性《じょせい》らしい部分《ぶぶん》もあるのだろう。

ダルタニャンは、その手《て》をぎゅっとにぎった。

「あたしとアラミスは友《とも》だちだよ！　でもそんな、もう会《あ》えなくなるみたいな言《い》い方《かた》はやめて欲《ほ》しいな」

「はい……ではダルタニャン、また必《かなら》ず都《みやこ》で会《あ》いましょう」

「うん。約束《やくそく》しよう」

ダルタニャンはにぎった手《て》をほどくと、アラミスの小指《こゆび》に自分《じぶん》のそれをからめた。

「ありがとう、ダルタニャン。指切《ゆびき》りをしたのはうまれてはじめてです」

アラミスは真顔《まがお》のまま右手《みぎて》の小指《こゆび》を見《み》つめ、ぎゅっと胸《むね》の前《まえ》で手《て》をにぎった。

そして静《しず》かな声《こえ》で言《い》った。

「さあ、もうお行《い》きなさい。どうか私《わたし》の分《ぶん》まで、使命《しめい》を果《は》たしてください。絶対《ぜったい》に悪《あく》を許《ゆる》してはなりません」

「でもアラミス……本当《ほんとう》に大丈夫《だいじょうぶ》？」

ケガ人《にん》を一人《ひとり》残《のこ》していくのは、やはり気《き》がひける。

「私《わたし》には神《かみ》さまがついているから、大丈夫《だいじょうぶ》です。もう振《ふ》りかえらないで。あなたならできます」

アラミスは無事《ぶじ》な方《ほう》の手《て》でそっと、ダルタニャンの背《せ》をおした。

「こい。時間《じかん》がない」

「うん」

マントをひるがえし、アトスが部屋《へや》を出《で》ていく。

ダルタニャンもそれにつづくが、教会《きょうかい》から出《で》るための一歩《いっぽ》がなかなか踏《ふ》みだせない。

立《た》ちどまってしまったダルタニャンに、アトスが振《ふ》りかえって言《い》う。

「しゃんとしろ。おまえ……銃士《じゅうし》だろう」

「え？」

はじめてアトスの口《くち》から、ダルタニャンを銃士《じゅうし》と認《みと》める言葉《ことば》が出《で》てきた。

「か、勘《かん》ちがいをするなよ。あくまでも見習《みなら》いという意味《いみ》だぞ！」

アトスは照《て》れたようにそう言《い》いつくろう。

「……ちゃんとついてくるんだぞ。今《いま》は一人《ひとり》でも戦力《せんりょく》が惜《お》しい」

しかし、ダルタニャンのことを「戦力《せんりょく》」と認《みと》めているのは確《たし》かなようだ。

「うん！　あたし、アラミスの分《ぶん》までがんばる！」

ダルタニャンは大《おお》きくうなずく。

アトスの背《せ》を追《お》うようにして、出発《しゅっぱつ》した。


二人《ふたり》になってしまったアトスとダルタニャンは、宿《やど》をとることにした。

「あいにくと混《こ》みあっておりまして……一《ひと》部屋《へや》のみしかご用意《ようい》できません。しかし上等《じょうとう》な部屋《へや》ですよ！」

そう言《い》われて二階《かい》にあがると、確《たし》かに広々《ひろびろ》として居心地《いごこち》のよさそうな部屋《へや》だった。

「わー、すてきな部屋《へや》だ！」

ダルタニャンは喜《よろこ》んで、ベッドにダイブした。

思《おも》わず、のどをごろごろさせながらシーツの上《うえ》で丸《まる》くなっていると、アトスがあきれて言《い》った。

「猫《ねこ》みたいにごろごろしていないで、靴《くつ》や剣《けん》の手入《てい》れをしろ」

「……はいはい」

さっき少《すこ》しは認《みと》めてくれたのかと思《おも》ったが、やっぱりアトスはもとの不愛想《ぶあいそう》にもどってしまった。

むっくり起《お》きあがったダルタニャンは、愛用《あいよう》の剣《けん》を羊毛《ようもう》のクロスでみがく。

アトスも無言《むごん》で剣《けん》の手入《てい》れをはじめた。

とても真剣《しんけん》な表情《ひょうじょう》と丁寧《ていねい》な手《て》つきだったので、ダルタニャンはなんとなく視線《しせん》をやってしまう。

「こら。よそ見《み》をするな。おまえも手入《てい》れに集中《しゅうちゅう》しろ。剣《けん》は銃士《じゅうし》の命《いのち》だ」

アトスは刃《は》のようすを確《たし》かめるように持《も》ちあげ、手入《てい》れの成果《せいか》をしっかりと確認《かくにん》した。

「ふう。こんなものか。本来《ほんらい》なら朝夕《あさゆう》二回《かい》手入《てい》れしたいところだが、仕方《しかた》ない。非常時《ひじょうじ》だからな」

「アトスはマジメだなぁ」

「このくらいは当《あ》たり前《まえ》だ。起《お》きたらまず剣《けん》の手入《てい》れ、腕立《うでた》て伏《ふ》せと腹筋《ふっきん》と素振《すぶ》りを百回《ひゃっかい》ずつ、読書《どくしょ》を一時間《じかん》。これが私《わたし》の日課《にっか》だ」

「……ほんとにマジメだ……」

若干《じゃっかん》ヒいているダルタニャンの前《まえ》に、アトスは地図《ちず》を広《ひろ》げる。

これまで進《すす》んだ道《みち》のりを指《ゆび》でしめしながら説明《せつめい》した。

「今私《いまわたし》たちがいるのが、ここだ。あと一日半《にちはん》ほど走《はし》れば港《みなと》に着《つ》くだろう」

「おおー。だいぶ近《ちか》づいてる」

「船《ふね》が出《で》るのは二日後《ふつかご》の正午《しょうご》だ。それを逃《のが》すともう、間《ま》に合《あ》わない。なんとしてもこの便《びん》に乗《の》る必要《ひつよう》がある」

「ふんふん」

ダルタニャンが地図《ちず》の内容《ないよう》を頭《あたま》に入《い》れつつ、うなずいたとき。

ヒヒーン！

窓《まど》の外《そと》から、けたたましい馬《うま》の鳴《な》き声《ごえ》がした。

「！　なんだ」

「馬小屋《うまごや》のほうだよ！」

アトスとダルタニャンは、あわてて窓《まど》から身《み》を乗《の》りだす。

「あれはいったい、どういうことだ！」

目《め》に飛《と》びこんできた光景《こうけい》に、アトスが怒鳴《どな》る。

ダルタニャンたちが乗《の》ってきた馬《うま》が、なにかにおびえるように一目散《いちもくさん》に逃《に》げていく。

たしかにしっかりと、つないでおいたはずなのに。

「いったい誰《だれ》が馬《うま》を逃《に》がした！」

アトスとダルタニャンは剣《けん》をにぎり、一階《いっかい》に駆《か》けおりた。

これはとんでもないことになった。

馬《うま》がいなくてはとうてい、船《ふね》の出《で》る日《ひ》に間《ま》に合《あ》わない。

「…………！」

宿屋《やどや》のうけつけの部分《ぶぶん》に広《ひろ》がるのもまた、予想外《よそうがい》の光景《こうけい》だった。

ぎっしりとモンスターがひしめきあっている。

ごつごつとした岩《いわ》の体《からだ》に丸太《まるた》のような腕《うで》を持《も》つゴーレムや、斧《おの》を手《て》にした小鬼《こおに》、ゴブリン。

中《なか》には人間《にんげん》に化《ば》けていたせいなのか、エプロンや帽子《ぼうし》を身《み》につけた者《もの》もいる。

今回《こんかい》は、宿屋《やどや》の主人《しゅじん》もグルだったようだ。

窓《まど》の外《そと》には、青《あお》い目《め》を光《ひか》らせたゴーストが飛《と》び交《か》っている。

「こんなところまで先《さき》まわりをしていたとはな。どうやらあの枢機卿《すうききょう》の力《ちから》は、予想以上《よそういじょう》に強《つよ》く……遥《はる》か彼方《かなた》までおよぶもののようだ」

アトスが剣《けん》をぬきながら、舌《した》を打《う》つ。

じわじわと包囲《ほうい》が狭《せば》まっていく。

扉《とびら》の前《まえ》も、体《からだ》のぶ厚《あつ》いモンスターが壁《かべ》になってしっかりとふさがれていた。

「ふふふ。我《われ》らはリシュリューさまによって召喚《しょうかん》されし、モンスター部隊《ぶたい》」

「もう逃《に》げられないぞ」

じりじり、じりじり
何十《なんじゅう》という魔物《まもの》が、とびかかる機《き》をうかがっていた。

「おい、聞《き》け」

油断《ゆだん》なく剣《けん》をかまえ、アトスが口《くち》をほとんど開《ひら》かずに告《つ》げる。

囁《ささや》きのような小《ちい》さな声《こえ》だった。

しかし、耳《みみ》のいいダルタニャンはしっかりと内容《ないよう》まで聞《き》くことができる。

ダルタニャンは会話《かいわ》しているのを悟《さと》られないように、パチパチとまばたきでこたえる。

「建物《たてもの》の上《うえ》……吹《ふ》きぬけになった部分《ぶぶん》に、天窓《てんまど》が開《あ》いているだろう」

顔《かお》を動《うご》かさないように見《み》てみると確《たし》かに、二階《かい》の天井《てんじょう》に窓《まど》が開《あ》いている。

明《あ》かりとりや換気《かんき》のためだろうか、かなり高《たか》い場所《ばしょ》にある、ごく小《ちい》さなものだ。

しかし身軽《みがる》で小柄《こがら》なダルタニャンならば。

一気《いっき》に壁《かべ》を登《のぼ》り、あの小《ちい》さな窓《まど》から脱出《だっしゅつ》できる。

「おまえはあそこから逃《に》げろ」

「でも、アトスは」

「ここにのこる。足止《あしど》めなら私《わたし》のほうが適役《てきやく》だ」

もはや決《き》めたことであるようにアトスは言《い》いきった。

「身《み》の軽《かる》いおまえならバッキンガム公《こう》の館《やかた》に一人《ひとり》で忍《しの》びこむこともできるだろう。行《い》くんだ、ダルタニャン」

「あ……」

アトスがはじめてダルタニャンを「おい」「小娘《こむすめ》」ではなく、名前《なまえ》で呼《よ》んだ。

「おまえは今日《きょう》、アラミスを守《まも》りながら立派《りっぱ》に戦《たたか》った。だからおまえに、すべてを預《あず》けることにしたんだ」

「……わかった」

言《い》い争《あらそ》っているヒマはない。

ここでアトスの提案《ていあん》を退《しりぞ》けては、ポルトスやアラミスに託《たく》されたものまでが、無駄《むだ》になってしまう。

ダルタニャンは一瞬《いっしゅん》で、ぐっと覚悟《かくご》を決《き》めた。

「いいか、必《かなら》ず首飾《くびかざ》りをとりもどし、持《も》ち帰《かえ》れ。もうこの役目《やくめ》は、おまえにしか果《は》たせない」

ダルタニャンを決《けっ》して認《みと》めようとしなかったアトスが、使命《しめい》を託《たく》そうとしている。

「床《ゆか》を踏《ふ》んで合図《あいず》を出《だ》す。私《わたし》が斬《き》りこむと同時《どうじ》に走《はし》れ。わかったな」

「うん」

タイミングを計《はか》るような、数秒《すうびょう》のあと。

体《からだ》を低《ひく》くしたアトスが、はっ、と浅《あさ》い呼吸《こきゅう》とともに動《うご》いた。

彼《かれ》の手《て》にした剣《けん》は、まっ赤《か》に光《ひか》り輝《かがや》いている。

ダッ！

「えーいっ！」

同時《どうじ》に、ダルタニャンも飛《と》びあがった。

突然《とつぜん》ふたてに分《わ》かれたアトスとダルタニャンに、敵《てき》の行動《こうどう》が一瞬《いっしゅん》遅《おく》れる。

その隙《すき》に、高《たか》い壁《かべ》を一気《いっき》に駆《か》けのぼった。

勢《いきお》いのまま、体《からだ》をしならせてすぽっと窓《まど》からぬける。

そのまま、屋根《やね》の上《うえ》に躍《おど》りでて、走《はし》りだした。

家々《いえいえ》の屋根《やね》をトントンと飛《と》びうつる。

煙突《えんとつ》を駆《か》けあがり、馬小屋《うまごや》や粉《こな》ひきの塔《とう》、物置《ものおき》や井戸《いど》、周囲《しゅうい》のあらゆるものを踏《ふ》み台《だい》にして、逃《に》げていく。

誰《だれ》かがその姿《すがた》を見《み》れば、まさに闇夜《やみよ》の身軽《みがる》な猫《ねこ》だと思《おも》ったことだろう。

「一人《ひとり》でも頑張《がんば》らニャきゃ……」

宿《やど》の方《ほう》から、ガシャンとはげしい物音《ものおと》がする。

アトスが戦《たたか》っているのだろう。

どんなに気《き》になっても、もどるわけにはいかない。

月《つき》のないまっ黒《くろ》な空《そら》の中《なか》を、ダルタニャンは走《はし》りつづけた。


「はぁ、はぁ……」

ダルタニャンは灯《あか》りひとつない道《みち》を、昼《ひる》も夜《よる》も走《はし》りつづけた。

服《ふく》はあちこち擦《す》り切《き》れて、しっぽの毛《け》も逆立《さかだ》っている。

いつのまにかのぼった太陽《たいよう》が、つかれた体《からだ》を照《て》らす。

そのさんさんとした光《ひかり》にすら、体力《たいりょく》を奪《うば》われている気《き》がする。

足《あし》を止《と》めたら倒《たお》れこんでしまいそうだ。

それでも休《やす》むわけにはいかない。

馬《うま》がいなくなってスピードが落《お》ちた分《ぶん》を、どうにかしてとりもどさなくてはならないのだから。

「ん？」

ダルタニャンの鼻《はな》が、ぴくっと動《うご》いた。

深《ふか》い緑《みどり》の香《かお》りにまぎれるように流《なが》れてくる、「ある香《かお》り」をとらえたのだ。

「このしょっぱいにおい……もしかして！」

木々《きぎ》の隙間《すきま》に、キラリとなにかが光《ひか》った。

まっすぐに空《そら》へとつながっているようなそれは……。

「海《うみ》だあ――――！」

叫《さけ》びながら、細《ほそ》い山道《やまみち》を一気《いっき》に駆《か》けぬけた。

林《はやし》をぬけると、目《め》のくらむような青《あお》がぱあっと広《ひろ》がった。

山育《やまそだ》ちのダルタニャンがはじめて見《み》る海《うみ》である。

「すっごーい！」

目《め》を凝《こ》らせば、港《みなと》の方《ほう》に船《ふね》が停《と》まっているのも見《み》える。

目的地《もくてきち》が見《み》えたことでがぜん、元気《げんき》が出《で》てきた。

しかし、なかなか港《みなと》に着《つ》かない。

海《うみ》がすぐそばにあるように見《み》えるのは、とても大《おお》きいからだ。

「い、意外《いがい》と遠《とお》いニャ！」

それでももう、間近《まぢか》なことは確《たし》かだ。

あとは走《はし》りつづければ着《つ》くはず……。

と、思《おも》ったのに。

ボォー

猫耳《ねこみみ》が、今度《こんど》はかすかな汽笛《きてき》の音《おと》をとらえた。

「うそ！　船《ふね》が出《で》ちゃう！」

手《て》を伸《の》ばせば届《とど》きそうな距離《きょり》なのに、もどかしい。

ここで船《ふね》に発《た》たれてしまうわけにはいかない。

『もうこの役目《やくめ》は、おまえにしか果《は》たせない』

『あなたならできます』

『一人《ひとり》でもたどりつけば、オレたちの勝《か》ちだ！』

三銃士《さんじゅうし》のそんな言葉《ことば》を思《おも》いだした。

「絶対《ぜったい》に乗《の》りこんでみせる！」

ダルタニャンは最後《さいご》の力《ちから》を振《ふ》りしぼって、駆《か》けた。


「ぎゃー！　あんな遠《とお》くに！」

港《みなと》に到着《とうちゃく》すると、船《ふね》はすでに岸《きし》をはなれていた。

船《ふね》と陸《りく》の間《あいだ》には、人間《にんげん》の足《あし》ではとても越《こ》えられないほどの距離《きょり》ができている。

しかしダルタニャンは、決《き》めていた。

無理《むり》やりにでも、この船《ふね》に乗《の》りこんでみせると。

「えええええ──い！」

港《みなと》の人混《ひとご》みの中《なか》を走《はし》りながら、全身《ぜんしん》に力《ちから》をためる。

一瞬《いっしゅん》たりとも速《はや》さを緩《ゆる》めずに岸辺《きしべ》へと突《つ》っこんだ。

邪魔《じゃま》なタルを飛《と》びこえ、木箱《きばこ》を飛《と》びこえ。
だっ！
全身《ぜんしん》のバネをきかせて、陸《りく》の端《はし》ギリギリから、ジャンプする。
しかし、届《とど》かない。
ダルタニャンの手《て》はむなしく宙《ちゅう》をかく。
「ニャー――――！」
じたばた
ダルタニャンはあきらめず、はげしく空《くう》を泳《およ》いだ。
……空中《くうちゅう》でちょっと、体《からだ》が進《すす》んだ。
指先《ゆびさき》が、船尾《せんび》のへりに触《ふ》れる。
がっ！
ぐっと体《からだ》をよせて、船体《せんたい》にしがみつく。
「や、や、やったぁ！」
甲板《かんぱん》にくるんと転《ころ》がりおちて大《だい》の字《じ》になる。

「イギリス行《い》きの船《ふね》に乗《の》れた！　これで第《だい》一関門突破《かんもんとっぱ》だ！」

うれしくて、甲板《かんぱん》をゴロゴロしてしまう。

そこでハッと気《き》づいた。

「あ、そういえば切符《きっぷ》買《か》ってないや」

思《おも》えば乗船手《じょうせんて》つづきだってしていない。

というかそもそも、お金《かね》をもっていない。

しかも、周囲《しゅうい》の客《きゃく》から、ビミョーに注目《ちゅうもく》を浴《あ》びている。

「ど、どうしよう……」

今《いま》、もしも船《ふね》の外《そと》にほうりだされたら、計画《けいかく》のすべてが水《みず》の泡《あわ》になってしまう。

「うーん……」

ダルタニャンは考《かんが》えながら、太《ふと》い帆柱《ほばしら》のかげに身《み》を隠《かく》した。

「とりあえず、こうしようっと」

もぞっ
近《ちか》くにあったタルのなかにつるんと潜《もぐ》りこんだ。

大《おお》きなタルなので、中《なか》で膝《ひざ》を抱《かか》えて丸《まる》くなれる。

「あっ……これはこれで落《お》ちつくニャン……」

猫《ねこ》は狭《せま》いところが好《す》きなのだ。

ひと休《やす》みして、起《お》きたらちゃんと謝《あやま》って。

掃除《そうじ》や皿洗《さらあら》いなどをして、どうにかイギリスに連《つ》れて行《い》ってもらおう。

そう考《かんが》えながら、とろとろと目《め》を閉《と》じた。

すっかりつかれていたダルタニャンは、一瞬《いっしゅん》で眠《ねむ》りに落《お》ちてしまった。

第《だい》5話《わ》

ごろごろごろ！


ダルタニャンの体《からだ》は、派手《はで》に転《ころ》がっていた。

「な、なななななんだニャン！　全身《ぜんしん》が痛《いた》い！」

ただしくは、ダルタニャンの入《はい》ったタルが、甲板《かんぱん》を転《ころ》がっていた。

体《からだ》の上下《じょうげ》がめちゃくちゃになるような感覚《かんかく》で目覚《めざ》めたダルタニャンは、ごちんごちんと頭《あたま》を打《う》ちつけながらもどうにか、タルを脱出《だっしゅつ》した。

「！！！」

すると、とんでもなく大《おお》きな、ある生物《せいぶつ》と目《め》が合《あ》った。

ぎょろりとしたひとつ目《め》。

うにょうにょとすべてがちがう動《うご》きをする、気色《きしょく》の悪《わる》い十本《じゅっぽん》の足《あし》。

「うわっ！　イカだ！」

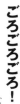

大《おお》きな帆船《はんせん》をぐらぐらと揺《ゆ》らすほど巨大《きょだい》な、イカのバケモノだった。

これも凶暴《きょうぼう》な『モンスター』だろうか。

「お嬢《じょう》ちゃん！　さっさと逃《に》げろ！」

「最近《さいきん》このあたりの海《うみ》を荒《あ》らしまわってるクラーケンだ！」

船乗《ふなの》りたちが口々《くちぐち》に叫《さけ》びながら、斧《おの》や剣《けん》でクラーケンを攻撃《こうげき》する。

びちっ！

しかしクラーケンは、足《あし》で海面《かいめん》をうって水《みず》の壁《かべ》を作《つく》り、攻撃《こうげき》をすべて弾《はじ》きとばしてしまう。

「ニャ――――！」

ダルタニャンは、水《みず》が大嫌《だいきら》いだ。

ここは船《ふね》の上《うえ》。

つまり周囲《しゅうい》一帯《いったい》、すべて海水《かいすい》。

こんなに不利《ふり》なフィールドも、ほかにない。

「ううう――！　こんなところで戦《たたか》いたくない！」

でも負《ま》けるわけにはいかなかった。

ここで船《ふね》を沈《しず》められたら、イギリスにたどりつけない……ばかりか、泳《およ》げないダルタニャンは一巻《いっかん》の終《お》わりだ。

「よーし！　水《みず》のかからない場所《ばしょ》に行《い》こう」

お得意《とくい》の軽業《かるわざ》でタッタッとマストをのぼる。

高《たか》い帆柱《ほばしら》には、迷路《めいろ》のように複雑《ふくざつ》な形《かたち》で縄《なわ》が張《は》りめぐらされている。

当然《とうぜん》、とんでもなく足場《あしば》が悪《わる》いうえ、上《うえ》に行《い》くほどはげしく揺《ゆ》れる。

「おっとっと！」

振《ふ》りおとされそうになったので、しっぽをクルンと巻《ま》きつけてぶらさがる。

「ううう、高《たか》くてこわいよ～」

思《おも》ったよりもさらに足場《あしば》が悪《わる》く、そして遥《はる》か下《した》は一面《いちめん》の水《みず》である。

おまけに目《め》の前《まえ》には、お化《ば》けイカ。

びちっ！

クラーケンは長《なが》い足《あし》で容赦《ようしゃ》なくダルタニャンをうった。

「ニャン！」

背中《せなか》から帆《ほ》にたたきつけられる。

べったりした粘液《ねんえき》がまとわりついて気持《きも》ちが悪《わる》い。

ダルタニャンはめげずに、帆柱《ほばしら》の横木《よこぎ》を足場《あしば》にして斬《き》りかかった。

「うひゃー！」

しかし空中《くうちゅう》でバランスをくずす。

滑《すべ》り台《だい》をおりるように、斜《なな》めに張《は》られた帆《ほ》の上《うえ》を落《お》ちてしまう。

どし！

クラーケンの足《あし》はなおも激《はげ》しく、甲板《かんぱん》をうった。

船《ふね》は嵐《あらし》の中《なか》の葉《は》のように激《はげ》しく揺《ゆ》れる。

ダルタニャンの体《からだ》は、ぽんぽんと下《した》からの衝撃《しょうげき》で何度《なんど》もはねた。

「このままじゃ、船《ふね》がひっくりかえっちゃう……」

水《みず》の上《うえ》の戦《たたか》いでは、あまりにも相手《あいて》に分《ぶ》がありすぎる。

かといって、上陸《じょうりく》できる場所《ばしょ》などが近《ちか》くにあるわけもなく。

「どうしよう……負《ま》けちゃう」

ダルタニャンは、恐怖《きょうふ》からうまくまわらない頭《あたま》で考《かんが》えた。

「せめてあたしが、水《みず》が苦手《にがて》じゃなければいいのに……」

くやしくてつぶやく。

モンスターと一人《ひとり》で戦《たたか》うのははじめてだ。

けれど手《て》も足《あし》も出《で》ないなんて、そんなのは嫌《いや》だった。

「あたしに、もっと力《ちから》があれば……」

甲板《かんぱん》に手《て》をついて立《た》ちあがりながら、小《ち》さくうめいた。

一人《ひとり》でも戦《たたか》える、力《ちから》が欲《ほ》しい。

みんなのために戦《たたか》える、力《ちから》が欲《ほ》しい。

強《つよ》く強《つよ》く、そう思《おも》った。

と、そのとき。

ぱしゃっ……

周囲《しゅうい》の海面《かいめん》が不思議《ふしぎ》な形《かたち》に波打《なみう》ったような気《き》がした。

「……？」

見《み》まちがいではない。

ダルタニャンの想《おも》いに応《こた》えるように、水《みず》がせりあがり、高《たか》い壁《かべ》を作《つく》っている。

剣《けん》が光《ひかり》をはなちはじめた。

紺碧《こんぺき》の海《うみ》と同《おな》じ、美《うつく》しい青色《あおいろ》だ。

「水《みず》が……味方《みかた》してる……？」

どういう仕組《しく》みなのかはわからないが、これはチャンスだ。

クラーケンは、水《みず》の壁《かべ》に足《あし》の先《さき》を張《は》りつけられ、動《うご》きが鈍《にぶ》い。

「よよよよよ、よし……」

ダルタニャンはやっぱり、水《みず》が嫌《きら》いだ。

しかし、そんなことを言《い》っている場合《ばあい》ではない。

「こうなったら苦手《にがて》をコクフクしてやる！　とりゃ――――！」

だだだっと再《ふたた》びマストを駆《か》けのぼり、そのまま空《くう》に飛《と》びあがる。

水《みず》の天井《てんじょう》を足場《あしば》がわりにして跳《は》ねかえり、さらに勢《いきお》いをつけた。

イカの頭《あたま》のてっぺんを狙《ねら》って、渾身《こんしん》の力《ちから》で光《ひかり》をぶつける。

「えーい、喰《く》らうニャン！」

ダルタニャンの剣《けん》から、今《いま》までの白《しろ》ではなく、青《あお》い光《ひかり》が噴《ふ》きでた。

ガガガガガ！

ぶつけたそれは、水《みず》の壁《かべ》とクラーケンの間《あいだ》で何十回《なんじゅっかい》と反射《はんしゃ》し、連撃《れんげき》になる。

ぶしゅぅう……

クラーケンが光《ひかり》につつまれて、海《うみ》の底《そこ》に沈《しず》んでいく。

「やったっ、水《みず》の力《ちから》を使《つか》えたんだ……ふぎゃ！」

船《ふね》は海流《かいりゅう》に飲《の》みこまれるようにひときわ大《おお》きく傾《かたむ》いた。

しかしすんでのところで転覆《てんぷく》はしなかった。

ぐわんぐわんと大《おお》きな揺《ゆ》れがいくつもつづき、そのうちにおさまる。

ダルタニャンは振《ふ》りおとされないように、必死《ひっし》でマストにしがみついていた。

そしてしばらくたち、すっかり海《うみ》が静《しず》かになったころ。

「すごいな嬢《じょう》ちゃん！」

「ばけものイカを倒《たお》しちまった！」

「おい、酒《さけ》と肉《にく》を持《も》ってこい！　祝《いわ》いの酒盛《さかも》りだ」

船倉《せんそう》に隠《かく》れていた船乗《ふなの》りたちが、床下《ゆかした》から顔《かお》を出《だ》す。

大勢《おおぜい》の人《ひと》たちが、ダルタニャンにむかって駆《か》けよってきた。


船《ふね》をおりるときは、陸《りく》と船《ふね》の間《あいだ》にかけた細《ほそ》い板《いた》を橋代《はしが》わりにする。

「よっ……ほっ……」

ダルタニャンは両腕《りょううで》をひろげてバランスをとりながら、渡《わた》し板《いた》の上《うえ》を歩《ある》いた。

「せーのっ」

故郷《こきょう》の村《むら》からパリにきたときと同《おな》じように、足《あし》をそろえてぴょんと陸地《りくち》におりたった。

「やったぁ！　到着《とうちゃく》！」

ようやく踏《ふ》むことがかなった、イギリスの地《ち》だ。

胸《むね》に喜《よろこ》びがこみあげてくる。

「達者《たっしゃ》でなー！」

「気《き》をつけるんだぞー！」

船《ふね》の甲板《かんぱん》から、船乗《ふなの》りたちが手《て》を振《ふ》っている。

「いろいろありがと――――！」

ダルタニャンも、大《おお》きく手《て》を振《ふ》りかえしてあいさつする。

海《うみ》のバケモノを倒《たお》したことで感謝《かんしゃ》をされて無賃乗船《むちんじょうせん》を不問《ふもん》にしてもらった。

そればかりか、ちょっとしたお礼《れい》ももらえた。

これで帰《かえ》りの道行《みちゆ》きもどうにかなりそうだ。

「よーし。あとは、首飾《くびかざ》りをチョウダイする……いやいやいや、とりかえすだけ！」

くるりと前《まえ》をむいて歩《ある》きだした。

港《みなと》には、ダルタニャンの知《し》らない言葉《ことば》が飛《と》びかっている。

空《そら》の色《いろ》も空気《くうき》のにおいも、ちょっとちがう気《き》がする。

たった一人《ひとり》で海《うみ》を越《こ》え、ずいぶん遠《とお》くまできた。

「ううん……ちがう。たった一人《ひとり》で越《こ》えたんじゃない。みんなで越《こ》えたんだ！」

アトス、アラミス、ポルトス。

三人《にん》は無事《ぶじ》だろうか。

ずっとずっと気《き》になっているけど、足《あし》を止《と》めるわけにはいかない。

街《まち》には兵士《へいし》も行《い》きかい、ものものしい雰囲気《ふんいき》につつまれている。

ここはもうフランスではない。

「よし……気《き》を付《つ》けていかなくちゃ」

ダルタニャンは両手《りょうて》でぴしっとほおをたたいて、表情《ひょうじょう》をひきしめた。


身《み》ぶり手《て》ぶりで場所《ばしょ》をたずねまわり、バッキンガム公《こう》の館《やかた》にたどりつくころには、すっかり夜《よる》がふけていた。

「うわー……、すっごいお邸《やしき》だ」

身《み》を乗《の》りださないと邸《やしき》が見《み》えないほど、庭《にわ》が広《ひろ》い。

もちろん門《もん》には格子《こうし》が降《お》りていて、門番《もんばん》もいる。

「ふふん。こっそり入《はい》っちゃうもんね……えいっ」

ダルタニャンは裏手《うらて》にまわり、高《たか》い外壁《がいへき》を音《おと》もなく飛《と》びこえた。

広々《ひろびろ》とした庭園《ていえん》には、一定《いってい》の間隔《かんかく》で松明《たいまつ》がたかれている。

炎《ほのお》と炎《ほのお》のあいだのわずかな暗《くら》がり。

飛《と》び石《いし》でもわたるように、闇《やみ》から闇《やみ》へ、ダルタニャンは移動《いどう》する。

料理番《りょうりばん》が出入《ではい》りをするための小《ちい》さな門《もん》から、邸《やしき》の中《なか》に入《はい》りこんだ。

「そーっと、そーっと……」

足音《あしおと》をころして歩《ある》く。

邸《やしき》の中《なか》は静《しず》まりかえっている。

自分《じぶん》の心臓《しんぞう》の音《おと》がうるさく聞《き》こえるほどだ。

足音《あしおと》をころすのは得意《とくい》だが、ドキドキだけは止《と》められない。

「そこに誰《だれ》かいるのか！」

兵士《へいし》の詰《つ》め所《しょ》の前《まえ》を通《とお》ったとき、気配《けはい》をさとられてしまった。

ダルタニャンは**ビク！**と肩《かた》を跳《は》ねあげる。

「にゃ〜ん」

「……なんだ、猫《ねこ》か」

「ほっ」

「『ほっ』？　誰《だれ》かいるのか！」

「に、にゃ〜ん！」

ごまかしながら、ステテテと部屋《へや》の前《まえ》を通《とお》りすぎる。

「ぬき足《あし》、さし足《あし》、しのび足《あし》……」

ゆっくりと、邸《やしき》の奥《おく》へ奥《おく》へと入《はい》りこんでいく。

すると、一難《いちなん》去《さ》ってまた一難《いちなん》。

こんどは前方《ぜんぽう》の角《かど》から、誰《だれ》かが歩《ある》いてくる気配《けはい》がする。

コツコツという足音《あしおと》。侍女《じじょ》のようだ。

「わわわっ、見《み》つかっちゃう……そりゃ」

ダルタニャンは壁《かべ》を蹴《け》って高《たか》く飛《と》びあがる。

手足《てあし》をピンと大《だい》の字《じ》につっぱって天井《てんじょう》にへばりつき、難《なん》を逃《のが》れた。

コツコツ……

よもや天井《てんじょう》に猫《ねこ》がいるとは気《き》づかないまま、侍女《じじょ》はならんでいるドアのうちのひとつに姿《すがた》を消《け》した。

「よ、よ、よかった……上《うえ》をむかれたらバレるところだった」

ふにゃっと廊下《ろうか》におりたダルタニャンは、安心《あんしん》して胸《むね》をなでおろす。

そしてすぐにまた、サッと歩《ある》きだした。

いったい首飾《くびかざ》りはどこにあるのだろう。

ほかでもない、フランスの国宝《こくほう》である。

きっと宝物庫《ほうもつこ》のようなところにかくしてあるのにちがいない。

と、先《さき》ほど侍女《じじょ》が入《はい》っていった部屋《へや》から声《こえ》がした。

「公爵《こうしゃく》さまにたのまれた鍵職人《かぎしょくにん》の手配《てはい》は終《お》わりましたの？」

「ええ、西《にし》の離《はな》れに明日《あす》、来《き》ていただく予定《よてい》ですわ。新《あら》たな鍵《かぎ》が完成《かんせい》するのは三日後《みっかご》くらいかしら」

そんな会話《かいわ》が聞《き》こえてくる。

ダルタニャンはその内容《ないよう》に、ピンときた。

フランスから帰《かえ》ったばかりのバッキンガム公《こう》が、新《あたら》しい鍵《かぎ》をつくるための職人《しょくにん》を呼《よ》んだというのだ。

タイミングからして、持《も》ち帰《かえ》った首飾《くびかざ》りを厳重《げんじゅう》に保管《ほかん》するためにちがいない。

「ラッキー。その部屋《へや》には、まだ鍵《かぎ》がついていないってことだよね。さっさといただいてズラかろうっと」

すっかり泥棒猫《どろぼうねこ》の顔《かお》になったダルタニャンは「ニャフフ」とこっそり笑《わら》う。

「西《にし》の離《はな》れ」とやらを探《さが》して、つま先立《さきだ》ちで歩《ある》きだした。

そこはどうやら、バッキンガム公《こう》の私財《しざい》が集《あつ》められた部屋《へや》らしい。

あちこちに飾《かざ》られた豪華《ごうか》なマントや冠《かんむり》、クジャクの羽根《はね》、香水《こうすい》ビンや宝石《ほうせき》。

なんともごちゃっとした、派手《はで》なものばかりである。

「うん、はっきり言《い》って趣味《しゅみ》がわるい！」

ダルタニャンの感想《かんそう》はいつも気持《きも》ちいいくらいに率直《そっちょく》だ。

壁《かべ》には一面《いちめん》、肖像画《しょうぞうが》がびっしりと飾《かざ》ってある。
どれも美《うつく》しい女性《じょせい》を描《か》いたものだ。
しかも「我《わ》が愛《いと》しの黒百合《くろゆり》・エミリー」「イギリスに咲《さ》いた一輪《いちりん》のバラ・オリヴィア」
「僕《ぼく》のかわいい子鳥《ことり》・アン」など、なかなか強烈《きょうれつ》な説明《せつめい》がついている。
「うっわぁ……。バッキンガム公《こう》、とんでもない女《おんな》ったらしだ……」
これは国《くに》に帰《かえ》ったらルイ13世《せい》に報告《ほうこく》する必要《ひつよう》がある。
あきれかえりつつも、ダルタニャンはあちこち物色《ぶっしょく》した。
貝殻《かいがら》をたたいて作《つく》られたキラキラと光《ひか》る棚《たな》に、それは収《おさ》められていた。
「これが……『宝珠《ほうじゅ》の首飾《くびかざ》り』」
赤《あか》・青《あお》・紫《むらさき》・金《きん》・緑《みどり》。
五色《ごしょく》の宝石《ほうせき》が無数《むすう》にびっしりととりつけられた、美《うつく》しいものだった。
銃士《じゅうし》に力《ちから》を授《さず》ける、不思議《ふしぎ》なアイテムでもあるという。
まばゆい輝《かがや》きに思《おも》わず「ホー……」と声《こえ》が漏《も》れる。
これをお披露目《ひろめ》すれば確《たし》かに、誰《だれ》もがうっとりと見《み》いることだろう。

手《て》にとってみると、とくに青《あお》い石《いし》から、ポワリと不思議《ふしぎ》な力《ちから》を感《かん》じる。

ダルタニャンが水《みず》の力《ちから》を得《え》たせいかもしれない。

「ぜったいちゃんと間《ま》に合《あ》うように、お城《しろ》に届《とど》けなくちゃ」

舞踏会《ぶとうかい》の日《ひ》はせまっている。

ダルタニャンは近《ちか》くにあった絹《きぬ》のハンカチでそっと首飾《くびかざ》りをつつんで、大切《たいせつ》にふところにしまった。

第《だい》6話《わ》

クラーケン退治《たいじ》のお礼《れい》にもらった銀貨《ぎんか》で、帰《かえ》りはきちんと乗船券《じょうせんけん》を買《か》った。

天《てん》が味方《みかた》したのか嵐《あらし》に見舞《みま》われることもなく、船《ふね》は無事《ぶじ》、フランスの港《みなと》にはいる。

「つ、つ、着《つ》いた！」

ようやくふたたび踏《ふ》むことができたフランスの地《ち》。

しかし、のんびりと喜《よろこ》びにひたっている場合《ばあい》ではない。

一分《いっぷん》でも一秒《びょう》でも早《はや》く王宮《おうきゅう》にもどり、ルイ13世《せい》に首飾《くびかざ》りを渡《わた》さなくてはならないのだ。

「あと少《すこ》し……がんばらなきゃ」

離脱《りだつ》したアトスたちのことは気《き》になる。

しかしダルタニャンの目的《もくてき》はあくまでも、首飾《くびかざ》りを国王《こくおう》のもとへ届《とど》けることだ。

立《た》ちどまってはいられない。

「よし、お城《しろ》まで超特急《ちょうとっきゅう》……あっ」

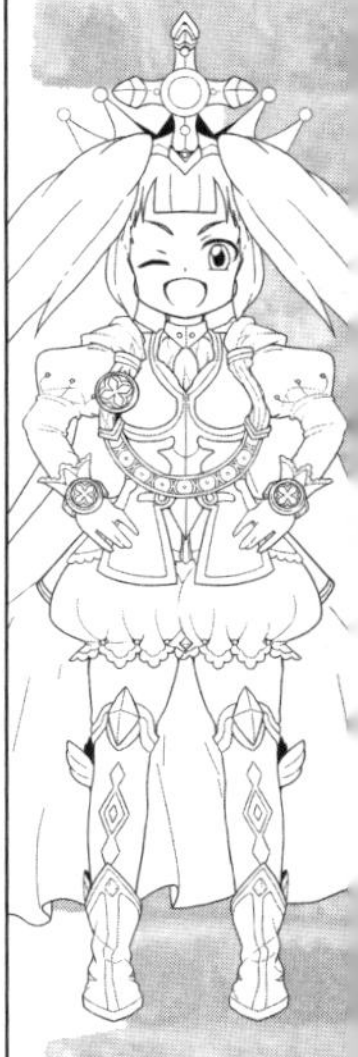

混《こ》みあった港《みなと》で、誰《だれ》かにドシンとぶつかった。

ふところに入《い》れていた首飾《くびかざ》りの包《つつ》みがしゃらりと地面《じめん》に落《お》ちる。

「あら、ごめんなさい……」

あらっぽい港町《みなとまち》にはふさわしくない、その優雅《ゆうが》でトロリとした声《こえ》。

「あっ、あなたは」

パリにきたばかりのころにダルタニャンが出会《であ》った、縦《たて》ロールの美《うつく》しい貴婦人《きふじん》。

確《たし》か名前《なまえ》を、ミレディと言《い》った。

「まあ。かわいい猫《ねこ》のお嬢《じょう》さん。また会《あ》ったわね……」

小《ちい》さなほくろのある目尻《めじり》をさげ、色《いろ》っぽく笑《わら》う。

ミレディはゆっくりと身《み》をかがめて、落《お》ちたものを拾《ひろ》いあげた。

「ありがとう、これ、とても大事《だいじ》なものなんだ」

手渡《てわた》された首飾《くびかざ》り入《い》りの包《つつ》みを、ダルタニャンは大切《たいせつ》にもう一度《いちど》しまう。

「そう。大切《たいせつ》なものは、しっかりとしまっておかなくてはダメよ」

以前《いぜん》と同《おな》じようなことを言《い》いのこして、ミレディはコツコツと靴《くつ》を鳴《な》らし、歩《ある》いて行《い》った。

「……ん？」

そのときダルタニャンは、ふところの中《なか》に、なにか小《ちい》さな違和感《いわかん》を感《かん》じた。


「ガーン！　もうはじまってる！」

へろへろになりつつ、どうにか帰《かえ》り着《つ》いた王宮《おうきゅう》。

その前庭《ぜんてい》には、ほとんど身動《みうご》きもとれないほどびっしりと、市民《しみん》がつめかけていた。

みんな、精一杯《せいいっぱい》のオシャレをして、ワクワクした顔《かお》をしている。

おそらく首飾《くびかざ》りのお披露目《ひろめ》まで、あと何分《なんぷん》もないはずだ。

「い、急《いそ》がなきゃ！」

ダルタニャンは、人混《ひとご》みをかきわけるようにして進《すす》んだ。

「ごめん、通《とお》してくださ……むぎゅう」

小《ち》さ《い》なダルタニャンはもみくちゃにされて、あっさりと押《お》しかえされてしまう。

これではいつまでたっても、城《しろ》に近《ちか》づけない。

「うう、こうなったら」

姿勢《しせい》を低《ひく》くして這《は》うように、お客《きゃく》たちの足元《あしもと》をどうにかすりぬける。

「あいたたたたた、お尻《しり》を蹴《け》らないで」

ようやく庭《にわ》をぬけたので、城《しろ》に入《はい》ろうとすると、門番《もんばん》にとめられた。

「汚《きたな》い小娘《こむすめ》、ここから先《さき》には入《はい》れないぞ」

「汚《きたな》い小娘《こむすめ》じゃない、あたしは銃士隊員《じゅうしたいいん》だ……見習《みなら》いだけど」

「それならますます通《とお》せないな。ここは親衛隊《しんえいたい》が守《まも》っている」

親衛隊員《しんえいたいいん》は、絶対《ぜったい》に通《とお》さないとばかりに、仁王立《におうだ》ちをした。

「むむぅ」

どうやらリシュリュー枢機卿《すうききょう》はしっかりと、自分《じぶん》の側近《そっきん》だけで警備《けいび》を固《かた》めているようだ。

「えい！」

「グッ！」

四《し》の五《ご》の言《い》ってはいられない。

ダルタニャンはごくシンプルに、不意打《ふいう》ちで頭突《ずつ》きをした。

体《からだ》が小《ちい》さいので、衛士《えいし》のあごの下《した》にマトモに入《はい》る形《かたち》になる。

猫《ねこ》の瞬発力《しゅんぱつりょく》で突《つ》きあげられてはたまらず、衛士《えいし》は尻《しり》もちをついた。

「失礼《しつれい》するニャ！」

ダルタニャンは振《ふ》りかえらず、しゅたたたたと、城内《じょうない》に入《はい》る。

「おい、銃士隊《じゅうしたい》のヤツが入《はい》りこんだぞ！」

そんな怒鳴《どな》り声《ごえ》を背《せ》に、前門《ぜんもん》の階段《かいだん》を駆《か》けあがった。


舞踏《ダンスホール》の間では、きらびやかに着飾《きかざ》った貴族《きぞく》たちが舞《ま》い踊《おど》っていた。

ここもたくさんの人《ひと》で満《み》ちており、自由《じゆう》には身動《みうご》きがとれそうにない。

行《い》きかう貴婦人《きふじん》たちのドレスのスカートはまるまると膨《ふく》らんでいて、今《いま》のダルタニャンにとっては通行《つうこう》の邪魔《じゃま》である。

「ううう、やっぱり前《まえ》に進《すす》めない……」

体《からだ》のあちこちが人《ひと》にぶつかる。

貴婦人《きふじん》のネックレスやレース飾《かざ》り、ほかにもいろんなモノが手《て》に触《ふ》れた。

見上《みあ》げるような高《たか》い場所《ばしょ》にある玉座《ぎょくざ》では、ルイ13世《せい》がまっ青《さお》になっている。

当然《とうぜん》だろう、今《いま》からありもしない首飾《くびかざ》りをお披露目《ひろめ》させられるのだから。

「さあ、紳士淑女《しんししゅくじょ》の諸君《しょくん》。お待《ま》ちかねのメインイベントです。今《いま》からここに、国宝《こくほう》『宝珠《ほうじゅ》の首飾《くびかざ》り』をお持《も》ちしましょう」

玉座《ぎょくざ》のそばに陣《じん》どったリシュリュー枢機卿《すうききょう》が、堂々《どうどう》と宣言《せんげん》した。

その視線《しせん》が一瞬《いっしゅん》、ホールの誰《だれ》かと目配《めくば》せでもするようにちろりと意味《いみ》ありげに動《うご》く。

周囲《しゅうい》では、待《ま》ってましたとばかりに、大《おお》きな拍手《はくしゅ》がわきおこる。

「！　しまった！　はじまっちゃった」

ダルタニャンはくるりときびすをかえして、舞踏の間《ダンスホール》を出《で》た。

玉座《ぎょくざ》の裏《うら》にはぶ厚《あつ》いカーテンがある。

どうにか忍《しの》びこんでその隙間《すきま》から、首飾《くびかざ》りを渡《わた》すしかない。

ダルタニャンは廊下《ろうか》を猛《もう》ダッシュし、ホールの反対《はんたい》がわにまわりこもうとする。

「何者《なにもの》だ！」

親衛隊員《しんえいたいいん》が剣《けん》をぬいて制止《せいし》にはいるが、するりと逃《のが》れた。

「とまれ、不審者《ふしんしゃ》め！」

「やだ！」

ダルタニャンは親衛隊員《しんえいたいいん》の肩《かた》から頭《あたま》へ、ポンポンととびうつる。

しかし、相手《あいて》は数《かず》が多《おお》い。

おまけに、高《たか》い位置《いち》にある玉座《ぎょくざ》へむかう通路《つうろ》は、やたらと巻《ま》きの多《おお》いらせん階段《かいだん》になっていた。

ぐるぐるとのぼっていては、とてつもなく時間《じかん》がかかる。

「さあ、首飾《くびかざ》りをお見《み》せいただきましょう」

ホールの方《ほう》から、そんな声《こえ》と、もったいをつけるようなジャジャジャジャ……というドラムロールが聞《き》こえた。

「……しまった、もう間《ま》に合《あ》わないニャ！」

リシュリュー枢機卿《すうききょう》は、勝《か》ちを確信《かくしん》したように、深《ふか》い笑《え》みをうかべている。

「おや、国王陛下《こくおうへいか》、どうなさいました。さあ、早《はや》くあの首飾《くびかざ》りを」

「………」

ルイ13世《せい》は、うつむいてぎゅっと膝《ひざ》の上《うえ》の手《て》をにぎる。

その手《て》の中《なか》に、首飾《くびかざ》りはない。

『首飾《くびかざ》りはダルタニャンと三銃士《さんじゅうし》がかならずとりかえしてくれます。信《しん》じて待《ま》ちましょう』

トレヴィル公《こう》のそんな言葉《ことば》を信《しん》じて待《ま》ちつづけたが、いまだに一人《ひとり》も、帰《かえ》ってこない。

「さあ、早《はや》く、みなが待《ま》っております」

リシュリュー枢機卿《すうききょう》のねっとりした催促《さいそく》はつづく。

舞踏《ダンスホール》の間に、ざわざわと、いぶかしむような雰囲気《ふんいき》が流《なが》れはじめた。

「あれは……あの首飾《くびかざ》りは」

ここにはないのじゃ。

もはやそう言《い》うしかないと、思《おも》ったときだった。

つんつん

ふいに、誰《だれ》かに背中《せなか》をつかまれた。

同時《どうじ》にしゃらりと硬《かた》いなにかがふれる。

「……………！」

それがなんなのかは、すぐにわかった。首飾《くびかざ》りだ。

「遅《おそ》くなってごめんなさい。これをとりかえしてきました」

耳元《みみもと》で声《こえ》がする。ダルタニャンだ。

ルイ13世《せい》は振《ふ》りかえらずにうしろ手《で》で、しっかりとそれを受《う》けとる。

袖《そで》のふくらみに隠《かく》して、そっと立《た》ちあがった。

すうっと大《おお》きく息《いき》を吸《す》い、天《てん》に捧《ささ》げるように、首飾《くびかざ》りをかかげた。

「見《み》よ。これが我《わ》が王家《おうけ》に伝《つた》わる秘宝《ひほう》『宝珠《ほうじゅ》の首飾《くびかざ》り』じゃ！」

ホールの賓客《ひんきゃく》たちを見《み》まわし、よくひびく声《こえ》で高《たか》らかに言《い》った。

「！」

リシュリュー枢機卿《すうききょう》が息《いき》をのむ。

国王《こくおう》をたたえるようなラッパの音《おと》が鳴《な》る。

賓客《ひんきゃく》たちからは波《なみ》のように「おお……」という感嘆《かんたん》の声《こえ》があがった。

「さあ、バルコニーに出《で》て、市民《しみん》にもこれを見《み》せようぞ。道《みち》を開《あ》けてたもれ」

ルイ13世《せい》は、くやしそうなリシュリュー枢機卿《すうききょう》を残《のこ》し、ホールへつづく階段《かいだん》をおりる。

拍手《はくしゅ》の中《なか》をバルコニーへと進《すす》んで行《い》った。

人《ひと》の波《なみ》が割《わ》れて、賓客《ひんきゃく》たちがそろって頭《あたま》をさげた。

「ダルタニャン……本当《ほんとう》に助《たす》かったぞ」

ルイ13世《せい》は、誰《だれ》にも聞《き》こえないようにそう、つぶやいた。


ルイ13世《せい》の手《て》の中《なか》で、首飾《くびかざ》りがまばゆく揺《ゆ》れている。

シャンデリアの灯《あか》りに照《て》らされて、目《め》がくらむほどに強《つよ》い光《ひかり》を放《はな》っていた。

その様子《ようす》を見《み》て、ダルタニャンの全身《ぜんしん》から力《ちから》がぬける。

「間《ま》に合《あ》って、よかった……」

へなへなとその場《ば》に座《すわ》りこんだ。

無数《むすう》の親衛隊員《しんえいたいいん》に追《お》われ、目《め》の前《まえ》には長《なが》いらせん階段《かいだん》。

もう絶対《ぜったい》に玉座《ぎょくざ》の裏《うら》にはたどり着《つ》けないと思《おも》った。

しかしダルタニャンには、猫《ねこ》の身軽《みがる》さを利用《りよう》したある方法《ほうほう》でショートカットが可能《かのう》だった。

やり方《かた》はかんたん。

うずまき状《じょう》の階段《かいだん》の「真《ま》ん中《なか》」の空間部分《くうかんぶぶん》に身《み》を滑《すべ》りこませ、トントン飛《と》びあがるだけである。

これだと移動距離《いどうきょり》は、短《みじか》くてすむ。

追《お》いかけてきた親衛隊員《しんえいたいいん》は、階段《かいだん》をのぼるしかないので狭《せま》い通路《つうろ》で詰《つ》まってしまい、思《おも》うように動《うご》けなかった。

そうして追《お》っ手《て》を振《ふ》りきり、国宝《こくほう》を王《おう》の手《て》にもどし、どうにかお披露目《ひろめ》を成功《せいこう》させた。


「よくやったね、ダルタニャン」

顔《かお》をあげれば、正装《せいそう》したトレヴィル公《こう》が隣《となり》に立《た》っている。

「へへへ……」

「一時《いちじ》はもうダメかと思《おも》ったが……立派《りっぱ》にやり遂《と》げてくれたんだな。君《きみ》はたのもしい銃士《じゅうし》だ」

「みんなでがんばったんです」

そんな会話《かいわ》をしていると、窓《まど》の方《ほう》から割《わ》れるような歓声《かんせい》が聞《き》こえてきた。

市民《しみん》へのお披露目《ひろめ》も無事《ぶじ》に終《お》わったようだ。

何千《なんぜん》という人《ひと》たちのよろこびの声《こえ》で、城《しろ》がゆれんばかりである。

「ダルタニャン。すべてはそなたのおかげじゃ。礼《れい》を言《い》うぞ」

ゆっくりと玉座《ぎょくざ》の方《ほう》にもどってきたルイ13世《せい》が、カーテンのうしろにかくれたままでいるダルタニャンにそう声《こえ》をかけたとき。

ぱちぱちぱち、と大《おお》きな音《おと》がした。

リシュリュー枢機卿《すうききょう》が、うっすらと笑《わら》いを浮《う》かべて、手《て》を叩《たた》いている。

「いやあ。すばらしい逸品《いっぴん》でございますな」

突然《とつぜん》の拍手《はくしゅ》でたっぷりと注目《ちゅうもく》を集《あつ》めてから、彼《かれ》は口《くち》を開《ひら》いた。

計画《けいかく》が失敗《しっぱい》に終《お》わったはずなのに、まったくこたえた様子《ようす》がない。

不自然《ふしぜん》なほどの余裕《よゆう》を感《かん》じた。

「ところでひとつ、気《き》になることがございます」

枢機卿《すうききょう》は声《こえ》を張《は》りあげる。

「その首飾《くびかざ》り、石《いし》がたりないということはありませんかな」

そんな言葉《ことば》にルイ13世《せい》は、怪訝《けげん》な顔《かお》になる。

「……石《いし》？　なんのことじゃ」

「見《み》せてくださいませんか？　ここからではよく見《み》えませんので」

「ま、まさか首飾《くびかざ》りに細工《さいく》でもしたのか」

ルイ13世《せい》の表情《ひょうじょう》がかげる。

ダルタニャンの隣《となり》にいるトレヴィル公《こう》もハッとした。

「！　まさか……石《いし》を、盗《ぬす》んだのか？　しかし、いつのまに」

首飾《くびかざ》りにびっしりとはめこまれた石《いし》は、そのひとつひとつが希少《きしょう》なものだ。

ほんの数個《すうこ》でもたりないということになれば当然《とうぜん》、その責任《せきにん》を追及《ついきゅう》されるだろう。

ルイ13世《せい》が再《ふたた》び、泣《な》きそうな顔《かお》になる。

自信《じしん》たっぷりのリシュリュー枢機卿《すうききょう》はほとんど無理《むり》やりに、首飾《くびかざ》りを奪《うば》いとった。

そして二ヤリと笑《わら》う。

「……ん？」

その笑顔《えがお》のまま、動《うご》きをとめた。

ダルタニャンはカーテンからぴょこっと顔《かお》を出《だ》す。

「固《かた》まっちゃって、どうしたんだニャー？」

目《め》をキランと光《ひか》らせて、楽《たの》しそうに笑《わら》った。

その、口《くち》の端《はし》のきゅっとあがったニンマリ顔《がお》。

完全《かんぜん》に、いたずらな猫《ねこ》が喜《よろこ》んでいるときのそれである。

「へへん。あたしたちはなんにも困《こま》らないぞ。好《す》きなだけ調《しら》べればいい」

「……どういうことだ」

枢機卿《すうききょう》の顔《かお》が小《ちい》さく歪《ゆが》んだ。

「石《いし》ならちゃーんとそろってる、でしょ？」

「そんな……バカな」

枢機卿《すうききょう》はありありと「当《あ》てがはずれた」という顔《かお》になる。

「いったいどうしたというのじゃ。リシュリューはこの首飾《くびかざ》りに手出《てだ》しをしたのか？　そしてなぜ、細工《さいく》をしたことをダルタニャンが知《し》っている？　わらわにはなにがどうなっているのか、まったくわからぬ」

ルイ13世《せい》が、戸惑《とまど》いながら首飾《くびかざ》りとダルタニャンと枢機卿《すうききょう》を見《み》くらべている。

ダルタニャンはことの成《な》りゆきを説明《せつめい》するために、すっとカーテンの外《そと》に出《で》た。

まぶしい灯《あか》りのもと、ピシリと指《ゆび》を伸《の》ばして、ある人物《じんぶつ》をさす。

「石《いし》は確《たし》かにいちど、盗《ぬす》まれた。それをしたのは、あの人《ひと》だ」

その指《ゆび》がしめすのは、舞踏の間《ダンスホール》の一角《いっかく》。

真紅《しんく》の重《おも》たげなドレスを着《き》た女性《じょせい》だった。

ミレディ。まっ赤《か》な唇《くちびる》と爪《つめ》をもつ貴婦人《きふじん》。

ダルタニャンが街《まち》や港《みなと》で偶然《ぐうぜん》に、何度《なんど》か出会《であ》っている人物《じんぶつ》だ。

「あなたはきっと、枢機卿《すうききょう》のスパイかなにか。さっき、首飾《くびかざ》りのお披露目《ひろめ》をするときも、彼《かれ》と目配《めくば》せをしあっていた」

「な……なにを言《い》うの、子猫《こねこ》ちゃん」

突然《とつぜん》に名指《なざ》しされて、ミレディも枢機卿《すうききょう》も、それにまわりの貴族《きぞく》らもおどろいて言葉《ことば》を失《うしな》った。

ざわめきを押《お》しかえすように、ダルタニャンは声《こえ》をはりあげる。

「この人《ひと》は、ずっと銃士隊《じゅうしたい》やあたしのまわりをウロウロしてる。港《みなと》でぶつかったとき……あなたは一瞬《いっしゅん》ですばやく、首飾《くびかざ》りから石《いし》をはずした。そうでしょ？」

ダルタニャンはイギリスから帰《かえ》ったばかりの港《みなと》で、ミレディとぶつかった。

直後《ちょくご》に覚《おぼ》えた、小《ちい》さな違和感《いわかん》。

その正体《しょうたい》がなにかは、すぐにわかった。

首飾《くびかざ》りから感《かん》じる『水《みず》の力《ちから》』が、少《すこ》し弱《よわ》まっていたのだ。

よく調《しら》べてみると、青《あお》い石《いし》がいくつかぬけ落《お》ちて穴《あな》あきになっていた。

大切《たいせつ》にしまっておいた首飾《くびかざ》りに、布《ぬの》ごしでも触《ふ》れることができたのはミレディだけ。

彼女《かのじょ》がスリのように一瞬《いっしゅん》で、石《いし》をかすめとったにちがいない。

「だからあたし……とりかえさせてもらったんだ。あなたのドレスの中《なか》から、その石《いし》を」

もみくちゃになりながらルイ13世《せい》のもとへとむかっていた、つい今《いま》しがた。

会場《かいじょう》にいたミレディを見《み》つけ、その体《からだ》から、青《あお》い石《いし》の気配《けはい》を感《かん》じた。

枢機卿《すうききょう》とミレディがひそかに目配《めくば》せしあうのも、確《たし》かに見《み》た。

それでピンときて、すべてつながった。

石《いし》がなくなったのは、この二人《ふたり》によるたくらみのせいだと。

だから、満員《まんいん》の舞踏の間《ダンスホール》の中《なか》で、彼女《かのじょ》が隠《かく》し持《も》っていた石《いし》をこっそりと『奪《うば》いかえした』のだ。

すんでのところで、悪《わる》だくみを阻止《そし》したということになる。

「……いつのまに……まさか私《わたし》からものを盗《ぬす》むなんて」

ミレディはくやしそうに唇《くちびる》をかんで、自分《じぶん》の胸元《むなもと》をおさえている。

「へへん。猫《ねこ》は、獲物《えもの》をとるのだって得意《とくい》なんだから!」

「……チッ。悪《わる》い泥棒猫《どろぼうねこ》ちゃんだこと」

貴婦人《きふじん》ぶるのをやめたのか、ミレディは思《おも》いきり舌打《したう》ちをした。

まさか自分《じぶん》が得意《とくい》とするスリを、石《いし》を盗《ぬす》んだ相手《あいて》であるダルタニャンからそっくりそのままやりかえされるとは予想外《よそうがい》だったのだろう。

「ミレディ、あの役立《やくた》たずめ」

リシュリュー枢機卿《すうききょう》が、耳《みみ》のいいダルタニャン以外《いがい》には聞《き》こえないような声《こえ》でつぶやき、歯《は》ぎしりをした。

しかしすぐに、態勢《たいせい》を立《た》て直《なお》すように言《い》いつくろう。

「ふん。ミレディが青《あお》い石《いし》を持《も》っていたところで、私《わたし》とはなんの関係《かんけい》もない。どうせその女《おんな》が勝手《かって》にやったことだ」

「ん？　枢機卿《すうききょう》。なぜ盗《ぬす》まれたのが赤《あか》や金《きん》ではなく『青《あお》い石《いし》』であることと、その女性《じょせい》の名《な》がミレディであることを知《し》っているのですか」

トレヴィル公《こう》がすかさず、ほころびを問《と》い詰《つ》める。

「……貴族《きぞく》の女《おんな》の名《な》くらい知《し》っている。青《あお》だとわかったのも偶然《ぐうぜん》だ」

わずかにギクリとした顔《かお》をしつつも、やはり枢機卿《すうききょう》はごまかすのをやめない。

「いや、ちがいますな。あなたはおそらく今日《きょう》こっそりと、ミレディから盗《ぬす》んだ石《いし》を受《う》けとるつもりだった。そもそもリシュリュー枢機卿《すうききょう》、なぜ首飾《くびかざ》りに石《いし》がないことを知《し》っていたのですか。じっくりと見《み》たわけでもないのに、ずいぶんと自信満々《じしんまんまん》の様子《ようす》で……まるで、石《いし》がたりずに国王《こくおう》さまが困《こま》るということが、わかっているようだった」

「それは……」

「これはあなたからじっくりとお話《はなし》をうかがう必要《ひつよう》がありそうですな」

トレヴィル公《こう》が静《しず》かに、しかし厳《きび》しい表情《ひょうじょう》で、枢機卿《すうききょう》につめよる。

会場《かいじょう》のざわめきが、どんどんと膨《ふく》らんでいく。

「……それは……」

リシュリュー枢機卿《すうききょう》は、豊《ゆた》かなヒゲをいじりながら目《め》を泳《およ》がせる。

「ちょっとした勘《かん》ちがいです。ミレディなどという女《おんな》は、私《わたし》は知《し》りません。さあ、紳士淑《しんししゅく》女《じょ》の諸君《しょくん》、私《わたし》は失礼《しつれい》させていただきます」

そのまま、やたらに堂々《どうどう》とした態度《たいど》で、去《さ》って行《い》こうとした。

「あっ！　待《ま》て」

ダルタニャンが追《お》いかけようとした、そのとき。

「枢機卿《すうききょう》よ。そうはさせない」

ひびきわたるのは、太《ふと》く凜々《りり》しい声《こえ》だった。

人混《ひとご》みがまたしても、真《ま》っ二《ぷた》つに割《わ》れた。

「神妙《しんみょう》にしてもらおう。我々《われわれ》は貴様《きさま》を告発《こくはつ》しにきた」

舞踏の間《ダンスホール》の入《い》り口《ぐち》に、三《みっ》つの人影《ひとかげ》が浮《う》かびあがった。

それはダルタニャンがずっと案《あん》じていた人物《じんぶつ》たちだ。

「アトス、アラミス、ポルトス！」

アトスを真《ま》ん中《なか》に、三銃士《さんじゅうし》が立《た》っている。

「おう、ダルタニャン。元気《げんき》そうでなによりだ。まさかオレを忘《わす》れてたわけじゃねえだろうな？」

「本当《ほんとう》によく頑張《がんば》りましたね……無事《ぶじ》でよかった」

ポルトスは軽口《かるくち》をたたき、アラミスは慈愛《じあい》に満《み》ちた聖女《せいじょ》のほほ笑《え》みをむける。

「リシュリュー枢機卿《すうききょう》、おまえの暗躍《あんやく》もここまでだ。街《まち》にモンスターをはなち、市民《しみん》を混《こん》乱《らん》させているのは、ほかならぬおまえだろう」

アトスは確信《かくしん》をこめた口調《くちょう》で言《い》うと、あるものを突《つ》きだした。

「イ、イモ……申《もう》し訳《わけ》ありません……リシュリューさま……」

イモ男爵《だんしゃく》が縛《しば》りあげられて、まるで保存食《ほぞんしょく》のようにぶらさげられている。

「このイモを捕《つか》まえて、とり調《しら》べさせてもらった。街道《かいどう》の宿屋《やどや》で私《わたし》たちを襲《おそ》ったゴブリンどもも、牢《ろう》にほうりこんである」

「街《まち》をうろついてる親衛隊《しんえいたい》の連中《れんちゅう》も締《し》めあげさせてもらったぜぇ。モンスターがずいぶんとまぎれこんでいたな」

ポルトスがするどい牙《きば》を見《み》せてニヤリと笑《わら》う。

さらにはアラミスも言《い》った。

「私《わたし》は各地《かくち》の教会《きょうかい》からあなたの悪行《あくぎょう》を聞《き》き集《あつ》め、書状《しょじょう》に残《のこ》しました。もう、言《い》い逃《のが》れはできません」

三人《にん》が三様《さんよう》に、それぞれのやり方《かた》で、枢機卿《すうききょう》を告発《こくはつ》していた。

ダルタニャンが一人《ひとり》で頑張《がんば》っている間《あいだ》、彼《かれ》らは首飾《くびかざ》りがもどってくることを信《しん》じて、それぞれに立《た》ちまわっていたということだ。

「『みんなは一人《ひとり》のために、一人《ひとり》はみんなのために！』……」

ダルタニャンは銃士隊《じゅうしたい》の教《おし》えであるその言葉《ことば》を、思《おも》いだしていた。

その言葉《ことば》の意味《いみ》が、ようやく本当《ほんとう》に、つかめたような気《き》がする。

「おまえの目的《もくてき》はなんだ？　権力《けんりょく》を得《え》ることか、それとも……国家《こっか》の転覆《てんぷく》か？」

アトスはイモ男爵《だんしゃく》をほうり投《な》げると、腰《こし》から剣《けん》をぬく。

その切《き》っ先《さき》を、リシュリュー枢機卿《すうききょう》にひたりとむけた。

「く、なにを言《い》っている……おい、出《で》あえ！」

リシュリュー枢機卿《すうききょう》は、憎々《にくにく》しげな顔《かお》で親衛隊員《しんえいたいいん》を呼《よ》びつける。

しかし、すぐさまひびくはずの衛士《えいし》の足音《あしおと》は、聞《き》こえてこない。

「無駄《むだ》だぜ。この城《しろ》の周囲《しゅうい》は、銃士隊《じゅうしたい》がかこんだからな」

「もう逃《に》げ場《ば》はありません。神《かみ》の前《まえ》で、すべての悪事《あくじ》を懺悔《ざんげ》するのです」

三銃士《さんじゅうし》がゆっくりと一歩《いっぽ》ずつ、枢機卿《すうききょう》に歩《あゆ》みよる。

「く……こうなったら」

小《ち》さなうめき声《ごえ》が聞《き》こえるのと、枢機卿《すうききょう》が動《うご》くのは、同時《どうじ》だった。

「近《ちか》づくな！」

「！」

リシュリュー枢機卿《すうききょう》は、一瞬《いっしゅん》のうちに、ルイ13世《せい》の細《ほそ》い首《くび》に腕《うで》をまわした。

「貴様《きさま》！　陛下《へいか》になにをしている！」

アトスが、空気《くうき》をびりびりとふるわせるような声《こえ》で叫《さけ》んだ。

「中《なか》からじわじわと侵《おか》し、戦《いくさ》をおこさせたところですべてを手中《しゅちゅう》におさめるつもりだったが……。猫娘《ねこむすめ》め。ちょろちょろと動《うご》きまわってくれたようだな」

枢機卿《すうききょう》の目《め》には憎悪《ぞうお》がたぎっていた。

「だが、私《わたし》のもとに巨大《きょだい》な力《ちから》があることに変《か》わりはない！　とめられるものならとめてみるがよい！」

枢機卿《すうききょう》は、ルイ13世《せい》を人質《ひとじち》にとったまま、ゆっくりと後《あと》ずさる。

その姿《すがた》が玉座《ぎょくざ》のカーテンの奥《おく》に消《き》えようとした、そのときだ。

「ダルタニャン！　これを使《つか》うのじゃ！」

ルイ13世《せい》が、リシュリュー枢機卿《すうききょう》の手《て》からあるものを奪《うば》う。

連《つ》れさられる間際《まぎわ》、ダルタニャンに投《な》げてよこした。

「これは……」

ぱしっと受《う》けとったのは、『宝珠《ほうじゅ》の首飾《くびかざ》り』だった。

ダルタニャンの手《て》に渡《わた》った瞬間《しゅんかん》、宝珠《ほうじゅ》があわく輝《かがや》きだす。

「おお、この光《ひかり》は！」

トレヴィル公《こう》がおどろきに目《め》を見開《みひら》く。

「わわわっ。光《ひか》ってる！」

手《て》にビリビリと、なにか強《つよ》い力《ちから》の波動《はどう》が伝《つた》わってくる。

その力《ちから》はダルタニャンの体《からだ》をつつみ、同化《どうか》するように吸《す》いこまれていった。

「……あ……なんだかあたし、強《つよ》くなったような気《き》がする」

体《からだ》の感覚《かんかく》が、一段階《いちだんかい》とぎすまされたように感《かん》じる。

「その石《いし》は、銃士《じゅうし》の想《おも》いに応《こた》えて力《ちから》を『進化《しんか》』させるもの。ダルタニャン、あなたは宝珠《ほうじゅ》に選《えら》ばれたのです」

アラミスがごく短《みじか》く、お祈《いの》りのような仕草《しぐさ》をしながら説明《せつめい》した。

「よしっ、この力《ちから》で絶対《ぜったい》に国王《こくおう》さまを助《たす》けだしてリシュリュー枢機卿《すうききょう》を倒《たお》すニャン！」

ダルタニャンは剣《けん》をぬき、枢機卿《すうききょう》の消《き》えていった方《ほう》へ走《はし》りだす。

「客人《きゃくじん》の避難《ひなん》とミレディの捕縛《ほばく》は任《まか》せてくれ！　君《きみ》たちは行《い》くんだ」

トレヴィル公《こう》の指示《しじ》が飛《と》んだ。

「悪《あく》は絶対《ぜったい》に許《ゆる》しません……不浄《ふじょう》なるものへ、聖《せい》なるさばきを！」

「よっしゃ、蹴散《けち》らしてやろうぜ」

「……リシュリューめ。待《ま》っていろ」

アラミス、ポルトス、アトスも息《いき》の合《あ》った動《うご》きで、ダルタニャンにつづいて走《はし》りだした。

第《だい》7話《わ》

枢機卿《すうききょう》はルイ13世《せい》を人質《ひとじち》にとったまま、庭園《ていえん》に逃《に》げこんだ。

広々《ひろびろ》とした丘《おか》のような部分《ぶぶん》に黒《くろ》い瘴気《しょうき》の塊《かたまり》が浮《う》いている。

そこだけ空間《くうかん》がゆがんでいるような、異様《いよう》な雰囲気《ふんいき》が立《た》ちこめていた。

「あれ、いったいなんだろう……えい！」

ダルタニャンは、瘴気《しょうき》の中《なか》から限《かぎ》りなくわいてくる黒《くろ》い魔族《まぞく》・ヤミーを、ひたすらに斬《き》りすてている。

「そりゃっ！」

青《あお》い闘気《とうき》が、魔物《まもの》の体《からだ》を木《こ》っ端《ぱ》みじんに砕《くだ》いた。

『進化《しんか》』をしてから、体《からだ》が軽《かる》く、力《ちから》もよく乗《の》る。

心《こころ》なしか、相手《あいて》の動《うご》きもよく見《み》えるようになった気《き》がする。

「おっ、ダルタニャン！　強《つよ》くなったじゃねえか。水《みず》の力《ちから》を手《て》に入《い》れたんだな」

そういうポルトスの戦《たたか》い方《かた》はあいかわらず泥臭《どろくさ》くて力任《ちからまか》せだ。

「……私《わたし》たち、なんだか『四銃士《よんじゅうし》』みたいだと思《おも》いませんか」

アラミスが細身《ほそみ》の剣《けん》でぴしりと敵《てき》の急所《きゅうしょ》を突《つ》き、そんなことを口《くち》にした。

まだ肩《かた》の傷《きず》はふさがりきっていないはずなのに、調子《ちょうし》が悪《わる》いようには全《まった》く見《み》えない。

流《なが》れるような動《うご》きで正確《せいかく》に攻撃《こうげき》を仕掛《しか》けるのでダメージをほとんどおっていないのだ。

「……ふん」

アトスは鼻《はな》を鳴《な》らしつつも、アラミスの言葉《ことば》を否定《ひてい》はしない。

まっすぐな剣筋《けんすじ》で、真正面《ましょうめん》から敵《てき》を斬《き》りふせていった。

四銃士《よんじゅうし》。

そのひびきが、ダルタニャンは心《こころ》の底《そこ》からうれしかった。

黒《くろ》くそまった瘴気《しょうき》の中心部《ちゅうしんぶ》には、にやにやと笑《わら》う枢機卿《すうききょう》と、彼《かれ》に体《からだ》を押《お》さえつけられたルイ13世《せい》がいる。

「あたしたち、絶対《ぜったい》に国王《こくおう》さまを助《たす》ける！　待《ま》っててニャ！」

四人《よにん》で力《ちから》を合《あ》わせて、かならず救出《きゅうしゅつ》しなくては。

「しかしなかなか、あの黒《くろ》いのに近《ちか》づけねぇな」

ポルトスの言《い》う通《とお》り、あとからあとからヤミーはあらわれ道《みち》をふさいでくる。

「あの瘴気《しょうき》を生《う》みだし、操《あやつ》っているのは枢機卿《すうききょう》です。枢機卿《すうききょう》を倒《たお》さなくては瘴気《しょうき》は払《はら》えません」

「だが……枢機卿《すうききょう》がいるのは瘴気《しょうき》の中《なか》だぞ」

これでは完全《かんぜん》なる堂々《どうどう》めぐりだ。

このまま戦《たたか》っていては、いずれ体力《たいりょく》がつきてしまう。

どうしようかとダルタニャンが思《おも》った、そのときだった。

「わらわの……わらわのせいで……」

猫《ねこ》の耳《みみ》が、そんな小《ちい》さなつぶやきをとらえた。

「国王《こくおう》さま？」

枢機卿《すうききょう》に捕《と》らわれたルイ13世《せい》が、やるせない声《こえ》をもらしていた。

「銃士《じゅうし》たちが戦《たたか》っておる……わらわのために」

その体《からだ》の周囲《しゅうい》で、ゆらゆらと闇《やみ》が深《ふか》まりはじめた。

「わらわのせいで、ダルタニャンたちが、この国《くに》が危険《きけん》な目《め》に……」

枢機卿《すうききょう》をとめられなかったこと。

首飾《くびかざ》りを渡《わた》してしまったこと。

ルイ13世《せい》はそれらをとほうもなく、悔《く》いているのだ。

後悔《こうかい》を吸《す》いとってふくらむように、瘴気《しょうき》が濃《こ》くなっていく。

「わらわはいったい、どうすればよいのじゃ」

「国王陛下《こくおうへいか》。こうすればいいのですよ」

枢機卿《すうききょう》がニタリと邪悪《じゃあく》な笑《え》みを浮《う》かべた。

ドン！

背中《せなか》を押《お》され、ルイ13世《せい》が瘴気《しょうき》の塊《かたまり》から飛《と》びだしてくる。

「……国王《こくおう》さま！」

地面《じめん》に倒《たお》れたルイ13世《せい》がゆらりと起《お》きあがった。

「わらわは……戦《たたか》う。フランスにあだなす者《もの》を倒《たお》すために」

その顔《かお》に、なにか普段《ふだん》とはちがう「陰《かげ》」のような色《いろ》が浮《う》かんでいる。

「ダルタニャン、待《ま》って！　様子《ようす》がおかしいです」

駆《か》けようとしたダルタニャンをアラミスがするどく制《せい》する。

「わらわは国王《こくおう》ルイ13世《せい》……戦《たたか》わねばならぬ。この国《くに》のために。皆《みな》のために」

ルイ13世《せい》は、手《て》にしていた王《おう》の杖《つえ》をびしりと突《つ》きつけた。

枢機卿《すうききょう》ではなく、ダルタニャンに対《たい》して。

「そ、そんな！　なんで……ニャッ！」

杖《つえ》からはなたれたまばゆい光《ひかり》に、ダルタニャンの体《からだ》が吹《ふ》きとばされた。

「わらわの国《くに》は……わらわが守《まも》るのじゃ……くっ、ああ！　ちがう……ちがう……」

ルイ13世《せい》はぶつぶつとつぶやきながら、しかしそんな自分《じぶん》をおさえるように、必死《ひっし》で頭《あたま》を抱《かか》えこんでいる。

「リシュリュー、貴様《きさま》！　陛下《へいか》を操《あやつ》ったな！」

「なんて真似《まね》を……おまえだけは許《ゆる》せねえ！」

あまりにも卑怯《ひきょう》なやりかたに、アトスとポルトスが激《はげ》しく怒《いか》る。

「ははは。幼《おさな》く純粋《じゅんすい》な心《こころ》を手玉《てだま》にとるなどたやすいこと。この鏡《かがみ》の力《ちから》をもってすれば」

ブンと激《はげ》しく空気《くうき》が揺《ゆ》れ、宙《ちゅう》に一枚《まい》の大《おお》きな鏡《かがみ》がじわじわと浮《う》きでるようにあらわれた。

瘴気《しょうき》をはなっていたのは、この鏡《かがみ》だったらしい。

「それは私《わたし》が古代《こだい》の遺跡《いせき》から見《み》つけた『召喚《しょうかん》の鏡《かがみ》』。異《こと》なる次元《じげん》から英雄《えいゆう》や亡霊《ぼうれい》、魔物《まもの》を呼《よ》びだし、自由《じゆう》に操《あやつ》れる。そしてこの瘴気《しょうき》にあてられれば、人間《にんげん》であっても意《い》のままとなる。ふふふ、はははは」

枢機卿《すうききょう》の笑《わら》い声《ごえ》は、やけを起《お》こしたように、どんどんと甲高《かんだか》いものになっていく。

「その鏡《かがみ》は暴走《ぼうそう》している。もう、遅《おそ》い！」

「暴走《ぼうそう》、だと……」

鏡面《きょうめん》が、ぐるぐると渦《うず》を巻《ま》きはじめた。

なにか圧倒的《あっとうてき》な存在感《そんざいかん》をその奥《おく》から感《かん》じる。

「今《いま》からここにあらわれるのは、古今東西《ここんとうざい》、あらゆる時代《じだい》の王《おう》の亡霊《ぼうれい》や神々《かみがみ》だ。貴様《きさま》らごときでは勝《か》てん。はははははは！」

鬼気《きき》せまる笑《わら》い声《ごえ》につづいて、**ゴゴゴゴ……**、と地響《じひび》きのような音《おと》がした。

「さあ、きたれよ！」

力《ちから》をためすぎてはじけたように、鏡《かがみ》が突然《とつぜん》、バリンと割《わ》れる。

「！　あれは」

あらわれたのは三体《たい》の、漆黒《しっこく》の亡霊《ぼうれい》たち。

「古《ふる》き時代《じだい》のフランス元帥《げんすい》ジル・ド・レ。北《きた》の果《は》ての大公《たいこう》・イヴァン雷帝《らいてい》。そして東方《とうほう》の覇者《はしゃ》・始皇帝《しこうてい》だ！　……かかれ！」

三体《たい》それぞれの武器《ぶき》が、すっと構《かま》えられた。

すでに意思《いし》や自我《じが》といったものはないのだろう。

黒《くろ》い瞳《ひとみ》の奥《おく》にはただ、狂気《きょうき》が宿《やど》っているだけだ。

「本当《ほんとう》に異界《いかい》から英雄《えいゆう》を呼《よ》びだせるのか……」

「……すげえ圧《あつ》だな。これは一筋縄《ひとすじなわ》じゃいかねえぞ」

「だけど、やるしかありません」

ひとつの時代《じだい》、ひとつの国《くに》を支配下《しはいか》においていたような君主《くんしゅ》や軍人《ぐんじん》たちの亡霊《ぼうれい》だ。

ゆらゆらと舞《ま》うだけでも、すさまじいまでのパワーを感《かん》じた。

ダルタニャンの毛《け》もゾワゾワと逆立《さかだ》っている。

「こいつらは私《わたし》たちにまかせろ。ダルタニャン、おまえは陛下《へいか》をたのむ」

「うん。あたし絶対《ぜったい》に、国王《こくおう》さまを守《まも》る！」

アトスの言葉《ことば》にダルタニャンは力強《ちからづよ》くうなずく。

「はぁっ！」

三銃士《さんじゅうし》は、一歩《いっぽ》も引《ひ》かない。

覚悟《かくご》を決《き》めて剣《けん》をにぎり、それぞれの相手《あいて》にむかって、身《み》を躍《おど》らせた。

「百年戦争《ひゃくねんせんそう》の英雄《えいゆう》、我《わ》がフランスの救国《きゅうこく》の士《し》か。相手《あいて》にとって不足《ふそく》はない」

アトスはジル・ド・レに敬意《けいい》をはらうように、すっと剣《けん》をささげる仕草《しぐさ》をとった。

「はあ！」

そして正々堂々《せいせいどうどう》、剣《けん》と剣《けん》とで斬《き》りむすぶ。

「オレの相手《あいて》になってくれるのは、おまえさんかい？」

ポルトスが相手《あいて》に定《さだ》めるのはイヴァン雷帝《らいてい》。

棍棒《こんぼう》を手《て》にした、いかずちのように苛烈《かれつ》な暴君《ぼうくん》である。

「うりゃあああああ！」

二人《ふたり》の力自慢《ちからじまん》のパワーが、はげしくぶつかりあった。

始皇帝《しこうてい》は東洋《とうよう》の文様《もんよう》が描《か》かれた着物《きもの》の袖《そで》をふり乱《みだ》し、舞《ま》い踊《おど》っていた。

アラミスは得意《とくい》の流《なが》れるような動《うご》きで、すべての攻撃《こうげき》を受《う》け流《なが》していく。

ともすれば美《うつく》しい二人《ふたり》が手《て》をとりあって踊《おど》っているようにも見《み》えただろう。

「神《かみ》よ。私《わたし》に力《ちから》をお授《さず》けください」

そして舞《ま》うような一撃《いちげき》は的確《てきかく》に、始皇帝《しこうてい》の弱点《じゃくてん》をついていく。

そのころダルタニャンは、

「国王《こくおう》さま、目《め》を覚《さ》まして！」

すっかり操《あやつ》られて自分《じぶん》に攻撃《こうげき》をしかけるルイ13世《せい》を、必死《ひっし》で説得《せっとく》していた。

「わらわの国《くに》を守《まも》る……もう絶対《ぜったい》に失敗《しっぱい》なんてしない……」

ルイ13世《せい》は、ダルタニャンと同《おな》じ水《みず》の力《ちから》をつかう。

やみくもな攻撃《こうげき》はどこに飛《と》んでいくか分《わ》からず、避《よ》けにくい。

「あっ！」

肩《かた》をまたひとすじ、光《ひかり》がかすめていった。

ダルタニャンの体《からだ》には、いくつもの傷《きず》が刻《きざ》まれている。

「国王《こくおう》さまに攻撃《こうげき》はできない……どうしたらいいんだニャ」

どうにかして近《ちか》づこうとしても、そのたびに押《お》しかえされてしまう。

「でも、あきらめない！　えーい！」

ダルタニャンは一直線《いっちょくせん》に、ルイ13世《せい》のもとへつっこんだ。

いくつか小《ちい》さな攻撃《こうげき》を受《う》けたけど、もう気《き》にしない。


ドッ！


さらに激《はげ》しく攻撃《こうげき》されて、体《からだ》がごろごろと地面《じめん》を転《ころ》がる。

「ううっ……負《ま》けるもんか……」

絶対《ぜったい》に無理《むり》だと思《おも》ったことでも、最後《さいご》まであきらめずに、今《いま》までかなえてきた。

「国王《こくおう》さま、あたしを見《み》て！」

今度《こんど》だって絶対《ぜったい》にやれる。

ルイ13世《せい》はかならず、もとの誇《ほこ》り高《たか》い国王陛下《こくおうへいか》にもどるはずだ。

ダルタニャンは体《からだ》ごとぶつかるように、一気《いっき》に距離《きょり》を詰《つ》めた。

両肩《りょうかた》をぐっとつかむ。目《め》と目《め》をしっかり合《あ》わせて、思《おも》いきり叫《さけ》んだ。

「あたし……国王《こくおう》さまのために、今《いま》まで頑張《がんば》ってきたんだニャ！」

ルイ13世《せい》は身《み》をよじって暴《あば》れようとするが、はなさない。

「だいじょうぶ！　自分《じぶん》を信《しん》じて……それに、あたしたちをもっと信《しん》じて！　国《くに》はみんなで守《まも》ればいい……一人《ひとり》でなにもかも背負《せお》わないで！」

「……ダルタニャン……？」

ルイ13世《せい》がうっすらと唇《くちびる》を開《あ》けてつぶやく。

ぱちぱちとまばたきをして、じっとダルタニャンを見《み》つめかえした。

その目《め》にはたしかに、もとのルイ13世《せい》と同《おな》じ輝《かがや》きがある。

「「はぁああああああ！」」

三銃士《さんじゅうし》は、それぞれにとどめの一撃《いちげき》をはなった。

アトスの実直《じっちょく》な剣《けん》、ポルトスの豪胆《ごうたん》な剣《けん》、アラミスの清《きよ》らかな剣《けん》。

しゅう……

亡霊《ぼうれい》たちが、うめき声《ごえ》をあげながら、薄《うす》れて消《き》える。

「やったか？」

アトスが肩《かた》で息《いき》をしながら、剣《けん》を鞘《さや》に納《おさ》めた。

「う……うん……？　わらわはなにを……」

ルイ13世《せい》は我《われ》に返《かえ》り、不安《ふあん》げにプルプルと頭《あたま》を振《ふ》っている。

「ダルタニャン……陛下《へいか》をもとにもどしたのか」

「まったくおまえは、とんでもないことをするヤツだなぁ」

アトスとポルトスがおどろき、また感心《かんしん》したように言《い》う。

「亡霊《ぼうれい》たちは倒《たお》しました。……これで終《お》わりでしょうか」

「ううん。まだだよ。まだ、終《お》わってない」

感覚《かんかく》のするどいダルタニャンには、わかる。

亡霊《ぼうれい》たちは、確《たし》かに消《き》え失《う》せた。

だが。

「『なにか』がのこってる……」

ぐん、と空気《くうき》が歪《ゆが》んだ。

三《みっ》つの黒《くろ》い魂《たましい》が、ゆらゆらと揺《ゆ》れ、むくむくと膨《ふく》れながら、一塊《ひとかたまり》になる。

「おいおいおい……」

「……なんということでしょう」

ポルトスとアラミスが、じり、と一歩後《いっぽあと》ずさった。

「残《のこ》った思念《しねん》が暗黒化《あんこくか》したのか？　……ダークマターというやつだな」

アトスの言《い》う通《とお》り、そこにあるのは、圧倒的《あっとうてき》な闇《やみ》だった。

ダルタニャンの全身《ぜんしん》の毛《け》が逆立《さかだ》つ。

こんなものを野放《のばな》しにしては、城《しろ》どころか、国中《くにじゅう》がめちゃめちゃになる。

そう直感《ちょっかん》させるほどの、魔的《まてき》な力《ちから》だ。

「ダルタニャン！　危《あぶ》ない！」

そのとき、背中《せなか》から「なにか」が飛《と》んでくる気配《けはい》がした。

ルイ13世《せい》が両腕《りょううで》を広《ひろ》げてダルタニャンをかばう。

「あっ！」

リシュリュー枢機卿《すうききょう》の闘気《とうき》だった。

ルイ13世《せい》の金髪《きんぱつ》をいく筋《すじ》か落《お》として、うなりをあげながら飛《と》んでいく。

「国王《こくおう》さま！」

「わらわなら大丈夫《だいじょうぶ》じゃ。ダルタニャン、そなたが闇《やみ》から救《すく》ってくれたからの」

ルイ13世《せい》はキッと枢機卿《すうききょう》をにらみつけながら、しっかりとした口調《くちょう》で言《い》う。

「はははははは！」

枢機卿《すうききょう》は、もはやなにも目《め》に入《はい》ってなどいないというように、ただただ甲高《かんだか》い笑《わら》い声《ごえ》をひびかせている。

生《う》まれでたばかりのダークマターが、その体《からだ》をじわじわととりこんでいた。

「陛下《へいか》、ここは危険《きけん》です、すぐにお逃《に》げください」

新《あら》たな危険《きけん》を察知《さっち》したアラミスはルイ13世《せい》の背《せ》をそっと押《お》す。

「じゃが」

「早《はや》く。あなたを危険《きけん》にさらすわけには、まいりません」

「あたしたちなら、大丈夫《だいじょうぶ》！」

「国王陛下《こくおうへいか》を守《まも》るのが、我《われ》ら銃士《じゅうし》の役目《やくめ》」

「ああ！　その通《とお》りだぜ。なにが出《で》てきたって、バキバキにしてやるさ」

四人《よにん》の銃士《じゅうし》にそうながされ、ルイ13世《せい》は瞳《ひとみ》を揺《ゆ》らしてとまどう。

「……すまぬ。必《かなら》ずかえってきておくれ。信《しん》じて待《ま》っておるぞ」

うつむいてじっと考《かんが》えたあと、しぼりだすように言《い》い残《のこ》して駆《か》け去《さ》った。


「粛清《しゅくせい》せん……粛清《しゅくせい》せん……」

ダークマターにとりこまれたリシュリュー枢機卿《すうききょう》は、なにか邪悪《じゃあく》なものへと変貌《へんぼう》をつづけていた。

黄金《おうごん》に輝《かがや》く獣《けもの》のような爪《つめ》に、仮面《かめん》のような装甲《そうこう》。

ギチギチと金属《きんぞく》のきしむような音《おと》が鳴《な》りひびいている。

「いったいなんだ、ありゃあ……」

「悪《あ》しきものに魂《たましい》を売《う》り渡《わた》したか……」

機械《きかい》のようでもあり生《い》き物《もの》のようでもある不気味《ぶきみ》な姿《すがた》で、うめき声《ごえ》をあげつづけている。

「あんなのどうやって倒《たお》せばいいんだニャ……」

恐《おそ》ろしさに身《み》がすくみそうになる。

「ダルタニャン。私《わたし》たちの力《ちから》を、おまえに預《あず》けよう」

アトスが隣《となり》に立《た》ち、ダルタニャンの肩《かた》に、力強《ちからづよ》く手《て》をかけた。

「我《わ》が国《くに》に伝《つた》わる、友情《ゆうじょう》の一撃《いちげき》だ。英雄《えいゆう》の思念《しねん》の結合体《けつごうたい》は、私《わたし》たちの力《ちから》もひとつにしなければ、絶対《ぜったい》に倒《たお》せない」

そして再《ふたた》び剣《けん》をぬき、赤々《あかあか》とした力《ちから》をその剣身《けんしん》に宿《やど》す。

「ええ。宝珠《ほうじゅ》に選《えら》ばれたあなたなら、この魔《ま》を打《う》ち払《はら》うことができるでしょう。私《わたし》たちはあなたに、すべてを賭《か》けます」

アラミスも新緑《しんりょく》の色《いろ》の光《ひかり》を剣《けん》にそそいだ。

「そうだな。ダルタニャンは不可能《ふかのう》をいくつも可能《かのう》にしてきた。オレたち三銃士《さんじゅうし》の力《ちから》、おまえなら何倍《なんばい》にもできるはずだ」

ポルトスの紫紺《しこん》の闘気《とうき》も、ぐっと確《たし》かな形《かたち》をとった。

「わかった、あたし、やるニャ」

三人《にん》は、ダルタニャンをかこむようにして、剣《けん》をささげた。

三本《ぼん》の光《ひかり》がダルタニャンのもとでひとつになる。

目《め》を閉《と》じてしっかりと剣《けん》をにぎった。

ダルタニャンが旅《たび》の途中《とちゅう》で手《て》に入《い》れた、青《あお》い水《みず》の力《ちから》。

それが一気《いっき》に高《たか》まり、体《からだ》をつつむ。

耳《みみ》もしっぽも、すべてが激《はげ》しく光《ひか》り輝《かがや》く。

「いっけえええええええ！」

太《ふと》い光《ひかり》の矢《や》になったダルタニャンは、亡霊《ぼうれい》の思念《しねん》とひとつになった枢機卿《すうききょう》のど真《ま》ん中《なか》に

突《つ》っこんだ。

最大級《さいだいきゅう》の力《ちから》で、ぶつかっていく。

枢機卿《すうききょう》の体《からだ》から、はげしいうめき声《ごえ》があがる。

恨《うら》みや嘆《なげ》きを何百人《なんびゃくにん》ぶんも集《あつ》めたような、とてつもなく大《おお》きな声《こえ》が、空間《くうかん》をビリビリとふるわせた。

漆黒《しっこく》の亡霊《ぼうれい》は宙《ちゅう》でちぎれ、光《ひかり》につつまれて消《き》えていった。

エピローグ

玉座《ぎょくざ》の間《ま》に、ずらりと何十人《なんじゅうにん》もの銃士《じゅうし》がならんでいた。

二列《れつ》に分《わ》かれ、高《たか》く剣《けん》をかかげる彼《かれ》らの間《あいだ》を、花道《はなみち》を進《すす》むように歩《ある》いてくる少女《しょうじょ》の姿《すがた》がある。

ダルタニャンだ。

今日《きょう》は彼女《かのじょ》が、正式《せいしき》な銃士《じゅうし》として認《みと》められる記念《きねん》すべき日《ひ》。

「キ、キンチョーする……」

支給《しきゅう》されたばかりの銃士隊《じゅうしたい》の青《あお》いマントは、ちょっとぶかぶかだ。

剣《けん》を手《て》にゆっくりと歩《ある》き、玉座《ぎょくざ》にいるルイ13世《せい》のもとへとたどりついた。

王《おう》の傍《かたわ》らにはトレヴィル公《こう》と三銃士《さんじゅうし》も控《ひか》えている。

ダルタニャンはがちがちにこわばった体《からだ》でどうにか、正《ただ》しい礼《れい》をとった。

「よくぞ参《まい》った。ダルタニャンよ、面《おもて》をあげい」

ルイ13世《せい》が立《た》ちあがり、すっと王《おう》の杖《つえ》をかかげる。

「こたびの働《はたら》き、誠《まこと》に見事《みごと》であった。枢機卿《すうききょう》の陰謀《いんぼう》を阻止《そし》し、王宮《おうきゅう》に平和《へいわ》をもたらしたのは、ほかならぬそなたじゃ。わらわのことを、何度《なんど》も救《すく》ってくれたな。礼《れい》を言《い》うぞ」

枢機卿《すうききょう》とミレディは捕《と》らわれ、地下牢《ちかろう》に入《はい》っている。

もとの世界《せかい》にもどったのか、はたまた浄化《じょうか》されてしまったのか、モンスターたちもあれからまったく姿《すがた》を見《み》せていない。

「あ、あたしだけじゃないですニャン、アトスやアラミスやポルトスも……」

「わかっておる。四人《よにん》で協力《きょうりょく》し、強大《きょうだい》な敵《てき》を倒《たお》したのじゃな。これからも銃士《じゅうし》として絆《きずな》を深《ふか》め、職務《しょくむ》にはげむがよい」

「はい、ですニャン」

正式《せいしき》な場《ば》ではやめようと思《おも》っていても、やっぱり語尾《ごび》には「ニャン」がついてしまうダルタニャンだった。

「魔物《まもの》たちは去《さ》ったが、我《わ》がフランスは周囲《しゅうい》を強国《きょうこく》にかこまれておる。わらわは国《くに》のため民《たみ》のため、つくすつもりじゃ。どうかダルタニャン、これからも力《ちから》になってたもれ」

そこで、ちょっと辛《つら》そうにルイ13世《せい》は目《め》をふせる。

『強国《きょうこく》』というのにはもちろん、バッキンガム公《こう》のいるイギリスも含《ふく》まれている。初恋《はつこい》がほろ苦《にが》い形《かたち》で終《お》わってしまい、ルイ13世《せい》はきっと、傷《きず》ついているはずだ。

ダルタニャンは元気《げんき》づけるように言《い》った。

「はい！　あたしこれからも、なにがあっても国王《こくおう》さまをお守《まも》りします。それにたくさん遊《あそ》んだりしたいです！」

その言《い》い草《ぐさ》に、三銃士《さんじゅうし》があきれて口《くち》をはさむ。

「こら、無礼《ぶれい》だぞ。なにを考《かんが》えている」

「はっはっは。まったくダルタニャンは大物《おおもの》だぜ」

「国王《こくおう》さまは遊《あそ》び相手《あいて》ではありませんよ」

そんなやりとりを聞《き》いて、ルイ13世《せい》は笑顔《えがお》になった。

「ダルタニャン……それに三銃士《さんじゅうし》も、ありがとうなのじゃ。わらわもダルタニャンとはたくさん遊《あそ》びたいと思《おも》っておるぞ。しかしまずは、ダルタニャンを銃士《じゅうし》に任命《にんめい》せねばならぬ」

そして、再《ふたた》び高々《たかだか》と杖《つえ》をかかげた。

「ダルタニャンよ。今日《きょう》よりわらわの名《な》において、そなたを、正式《せいしき》な銃士《じゅうし》として認《みと》めよう」

王宮《おうきゅう》に、ルイ13世《せい》の凛《りん》とした声《こえ》がひびきわたる。

「ありがとうございます…………だニャン！」

こうしてダルタニャンは、当初《とうしょ》の目標通《もくひょうどお》りに、銃士《じゅうし》となったのだった。


ダルタニャンは、パリ市街《しがい》の門《もん》の前《まえ》にいた。

はじめてこの街《まち》にきたときに通《とお》ったのと、同《おな》じ門《もん》である。

ドキドキしながらここを通《とお》ったのが、ずいぶんと昔《むかし》のことのように思《おも》える。

「ダルタニャン。忘《わす》れ物《もの》はないかい。気《き》をつけて行《い》くんだぜ」

「うん、大丈夫《だいじょうぶ》だニャ」

正式《せいしき》な銃士《じゅうし》になった報告《ほうこく》をするため、休暇《きゅうか》を利用《りよう》して、故郷《こきょう》に帰《かえ》ることになった。

ポルトスが見立《みた》ててくれた新《あたら》しい帽子《ぼうし》の先《さき》で、羽飾《はねかざ》りがゆれている。

村《むら》のみんなは、ダルタニャンの活躍《かつやく》を知《し》れば「ふんにゃ〜」とおどろくにちがいない。

父《ちち》にもきっと、たくさんほめてもらえるはずだ。

ほんの十日《とおか》ほど都《みやこ》をはなれるだけなのに、三銃士《さんじゅうし》がわざわざそろって見送《みおく》りにきてくれた。

「……ダルタニャン。しばらく会《あ》えないのはさびしいですがちゃんと帰《かえ》ってきてくださいね」

「もちろんだよ！　アラミス。約束《やくそく》に指切《ゆびき》りする？」

「ふふふ。ちゃんと信《しん》じているから大丈夫《だいじょうぶ》です。あなたの旅《たび》に神《かみ》のご加護《かご》がありますように」

アラミスはやさしくほほ笑《え》み、小《ちい》さく祈《いの》りをささげた。

その隣《となり》では、アトスがいつものように生真面目《きまじめ》な仏頂面《ぶっちょうづら》で立《た》っている。

「おい、ダルタニャン。休暇《きゅうか》だからといって、気《き》をゆるめるんじゃないぞ。自己研鑽《じこけんさん》を怠《おこた》るなよ。腕立《うでた》て伏《ふ》せに腹筋《ふっきん》に素振《すぶ》り、読書《どくしょ》も忘《わす》れるな」

「んもー。わかってるってば」

ダルタニャンは今《いま》や、立派《りっぱ》な銃士《じゅうし》だ。

「お休《やす》み中《ちゅう》でも、ちゃんと頑張《がんば》る！　それに、銃士《じゅうし》の心得《こころえ》も忘《わす》れないよ」

腰《こし》からゆっくりと剣《けん》をぬいた。

三銃士《さんじゅうし》がそれにつづき、四本《ほん》の剣《けん》の先《さき》が、きらりと輝《かがや》く太陽《たいよう》のもと触《ふ》れあう。

「そうだな。どんなときでも忘《わす》れちゃならねえぜ」

「ええ。私《わたし》たちの心《こころ》はいつだってひとつ」

「ああ、その通《とお》りだ。いくぞ」

「うん！　せーの……」

そして四人《よにん》の声《こえ》がそろった。

『みんなは一人《ひとり》のために、一人《ひとり》はみんなのために！』


この作品《さくひん》は、アレクサンドル・デュマ作《さく》『三銃士《さんじゅうし》』を元《もと》に、キャラクター・ストーリーを再構成《さいこうせい》し執筆《しっぴつ》されました。

集英社みらい文庫

モンスト三《さん》銃《じゅう》士《し》
ダルタニャンの冒険《ぼうけん》！

XFLAG™ スタジオ　協力
相羽《あいば》鈴《りん》 作　希姫安弥《きひめあや》 絵

ファンレターのあて先
〒101-8050　東京都千代田区一ツ橋2-5-10　集英社みらい文庫編集部
いただいたお便りは編集部から先生におわたしいたします。

2018年5月29日　第1刷発行

発行者　北畠輝幸
発行所　株式会社 集英社
〒101-8050　東京都千代田区一ツ橋2-5-10
電話　編集部 03-3230-6246
読者係 03-3230-6080
販売部 03-3230-6393(書店専用)
http://miraibunko.jp
装丁　+++ 野田由美子　中島由佳理
印刷　図書印刷株式会社　凸版印刷株式会社
製本　図書印刷株式会社

★この作品はフィクションです。実在の人物・団体・事件などにはいっさい関係ありません。

ISBN978-4-08-321441-7　C8293　N.D.C.913　186P　18cm

アニメスペシャル
ノベライズ
モンスターストライク
MONSTER STRIKE
―君を忘れない―
XFLAG™スタジオ／原作《げんさく》
相《あい》羽《ば》 鈴《りん》／著《ちょ》
加《か》藤《とう》陽《よう》一《いち》 後《ご》藤《とう》みどり／脚本《きゃくほん》
大《だい》好《こう》評《ひょう》
発《はつ》売《ばい》中《ちゅう》!!
手の中に、ドキドキするみらい。
集英社みらい文庫

負《ま》けない!!!

熱《あつ》くて楽《たの》しい
チームに感《かん》動《どう》!

FC《エフシー》6年《ねん》1組《くみ》

クラスメイトはチームメイト!
一斗《いっと》と純《じゅん》のキセキの試合《しあい》

作《さく》 河《かわ》端《ばた》朝《あさ》日《ひ》　絵《え》 千《ち》田《だ》純《じゅん》生《せい》　予価:本体640円+税

負《ま》けっぱなしの弱小《じゃくしょう》サッカーチーム、
山ノ下小学校FC6年1組《やまのしたしょうがっこうエフシーねんくみ》。
次《つぎ》の試合《しあい》に勝《か》てなければ解散危機《かいさんきき》の
チームのために2人《ふたり》の少年《しょうねん》が立《た》ち上《あ》がった。
仲間《なかま》を愛《あい》する熱血《ねっけつ》ゴールキーパー・神谷一斗《かみやいっと》と
転校生《てんこうせい》のクールなストライカー・日向純《ひなたじゅん》。
2人《ふたり》を中心《ちゅうしん》に8人《にん》しかいないチームメイトが
ひとつになって勝利《しょうり》をめざす!
それぞれの思《おも》いがぶつかる負《ま》けられない一戦《いっせん》のなか、
試合《しあい》の終盤《しゅうばん》におきたキセキは…!?

「みらい文庫《ぶんこ》」読者《どくしゃ》のみなさんへ

言葉《ことば》を学《まな》ぶ、感性《かんせい》を磨《みが》く、創造力《そうぞうりょく》を育《はぐく》む……、読書《どくしょ》は「人間力《にんげんりょく》」を高《たか》めるために欠《か》かせません。

たった一枚《いちまい》のページをめくる向《む》こう側《がわ》に、未知《みち》の世界《せかい》、ドキドキのみらいが無限《むげん》に広《ひろ》がっている。

これこそが「本《ほん》」だけが持《も》っているパワーです。

学校《がっこう》の朝《あさ》の読書《どくしょ》に、休《やす》み時間《じかん》に、放課後《ほうかご》に……。いつでも、どこでも、すぐに続《つづ》きを読《よ》みたくなるような、魅力《みりょく》に溢《あふ》れる本《ほん》をたくさん揃《そろ》えていきたい。読書《どくしょ》がくれる、心《こころ》がきらきらしたり胸《むね》がきゅんとする瞬間《しゅんかん》を体験《たいけん》してほしい、楽《たの》しんでほしい。みらいの日本《にほん》、そして世界《せかい》を担《にな》うみなさんが、やがて大人《おとな》になった時《とき》、「読書《どくしょ》の魅力《みりょく》を初《はじ》めて知《し》った本《ほん》」「自分《じぶん》のおこづかいで初《はじ》めて買《か》った一冊《いっさつ》」と思《おも》い出《だ》してくれるような作品《さくひん》を一所懸命《いっしょけんめい》、大切《たいせつ》に創《つく》っていきたい。

そんないっぱいの想《おも》いを込《こ》めながら、作家《さっか》の先生方《せんせいがた》と一緒《いっしょ》に、私《わたし》たちは素敵《すてき》な本作《ほんづく》りを続《つづ》けていきます。「みらい文庫《ぶんこ》」は、無限《むげん》の宇宙《うちゅう》に浮《う》かぶ星《ほし》のように、夢《ゆめ》をたたえ輝《かがや》きながら、次々《つぎつぎ》と新《あたら》しく生《う》まれ続《つづ》けます。

本《ほん》を持《も》つ、その手《て》の中《なか》に、ドキドキするみらい――。

本《ほん》の宇宙《うちゅう》から、自分《じぶん》だけの健《すこ》やかな空想力《くうそうりょく》を育《そだ》て、〝みらいの星《ほし》〟をたくさん見《み》つけてください。

そして、大切《たいせつ》なこと、大切《たいせつ》な人《ひと》をきちんと守《まも》る、強《つよ》くて、やさしい大人《おとな》になってくれることを心《こころ》から願《ねが》っています。

2011年《ねん》 春《はる》

集英社《しゅうえいしゃ》みらい文庫《ぶんこ》編集部《へんしゅうぶ》